U0562116

马鞍的赞词

吉狄马加 著作

张志刚 选编

中国出版集团
中译出版社

图书在版编目（CIP）数据

文学里的中国 : 当代经典书系 : 全10册 / 铁凝等著 ; 张莉等选编. -- 北京 : 中译出版社, 2021.7
ISBN 978-7-5001-6714-3

Ⅰ. ①文… Ⅱ. ①铁… ②张… Ⅲ. ①中国文学－当代文学－作品综合集 Ⅳ. ①I217.1

中国版本图书馆CIP数据核字(2021)第132727号

出版发行／中译出版社
地　　址／北京市西城区车公庄大街甲4号物华大厦6层
电　　话／（010）68359303，68359827（发行部），68358224（编辑部）
邮　　编／100044
传　　真／（010）68357870
电子邮箱／book@ctph.com.cn
网　　址／http://www.ctph.com.cn

出 版 人／乔卫兵
总 策 划／张高里　刘永淳
特邀策划／王红旗
策划编辑／范　伟　张孟桥
责任编辑／范　伟　张孟桥
文字编辑／张若琳　吕百灵　孙莳麦
营销编辑／曾　頔　郑　南
封面设计／柒拾叁号工作室

排　　版／柒拾叁号工作室
印　　刷／北京顶佳世纪印刷有限公司
经　　销／新华书店

规　　格／787mm×1092mm　1/32
印　　张／89.75
字　　数／1310千
版　　次／2021年7月第一版
印　　次／2021年7月第一次

ISBN 978-7-5001-6714-3　定价：568.00元（全10册）

作者

吉狄马加

吉狄马加，是中国当代最具代表性的诗人之一，也是一位具有广泛影响力的国际性诗人，其诗歌已被翻译成近四十种文字，在世界几十个国家出版了八十余种版本的翻译诗集。现任中国作家协会副主席、书记处书记。

主要作品：诗集《初恋的歌》《鹰翅与太阳》《身份》《火焰与词语》《我，雪豹……》《从雪豹到马雅可夫斯基》《献给妈妈的二十首十四行诗》《吉狄马加的诗》《大河》（多语种长诗）等。

曾获中国第三届新诗（诗集）奖、郭沫若文学奖荣誉奖、庄重文文学奖、肖洛霍夫文学纪念奖、柔刚诗歌奖荣誉奖、国际华人诗人笔会中国诗魂奖、南非姆基瓦人道主义奖、欧洲诗歌与艺术荷马奖、罗马尼亚《当代人》杂志卓越诗歌奖、布加勒斯特城市诗歌奖、波兰雅尼茨基文学奖、英国剑桥大学国王学院银柳叶诗歌终身成就奖、波兰塔德乌什·米钦斯基表现主义凤凰奖、齐格蒙特·克拉辛斯基奖章。

创办青海湖国际诗歌节、青海国际土著民族诗人帐篷圆桌会议、凉山西昌邛海“丝绸之路”国际诗歌周及成都国际诗歌周。

选编者
张志刚

就职于中国作家协会。

目录

目录

目录

诗歌是现实与梦境的另一种折射

——吉狄马加答法国诗人菲利普·唐思林

菲利普·唐思林：写诗是否让您感到是一种比其他的方式更自由的表达方式（如小说、散文随笔、日记等）？

吉狄马加：选择任何一种所谓“自由”的表达方式，我想都是因人而异的，很多时候也是因你所要表达的内容而决定的，这在许多写作者的身上都发生过。有的题材适合用小说去表达，有的适合用散文随笔去书写，有的却更适合写成诗歌。比如帕斯捷尔纳克并没有把《日瓦戈医生》写成一部长篇叙事诗，而是写成了一部真正意义上的小说，虽然这部小说充满了诗意，有人评价它是“诗人的小说”，但是不管怎样，它毕竟还是一部具备所有小说元素的作品。这种情况同样发生在布莱希特等诗人的身上，他们的许多作品都是用戏剧和小说的形式来完成的，而并非用诗歌写成的。不过我理解你问这个问题的另一层意思，实际上你是想问我为什么要选择诗歌这种方式，来回答我对这个世界的疑问和认识，实际上说到底你是想问我为什么要成为一个诗人。这怎么说呢，我只能告诉你，这种选择并非一种偶然。如果撇开那种先天性就带来的东西，有人把这种东西称为“禀赋”，我认为，宿命让人成为诗人的可能性比那种偶然及禀赋的可能性往往要更大。在这里我说的“宿命”，当然不是一种可笑的迷信，我以为诗人之所以能成为诗人，是因为他选择了诗歌，因为诗歌将从此成为他的另一种生命。而同样，诗歌也选择了他，如果他是一个真正的诗人，那么这个人的身上将有诗歌的精灵附体并终其一生。

菲利普·唐思林：您希望时间对您的诗歌能记住什么（您觉得您的诗歌在历史上能留下什么痕迹）？

吉狄马加：哲学上的时间是吹过的风，它没有开始，也没有未来，而我们写出的诗歌，就宛如一片树叶、一粒沙子、一抹晨晖，或者说更像一束转瞬而逝的光。但是请相信，在人的精神世界中，诗歌就如同穹顶上的月牙，天幕上永远不会消失的星星，我只希望我的诗歌最终能被人记住的是，那些呈现在人性中的最美好的东西，那些被诗化过的大自然中永恒的宁静，而这一切，都是通过语言和词语的神奇创造而获得的。如果我要问你，作为诗人的荷马给我们留下的痕迹是什么呢，当然你会回答，是他的史诗《伊利亚特》和《奥德赛》。这没有错，这或许就是时间的洗礼和选择，而我要回答你的是，我只希望我的诗歌能在时间的长河中留下碎片的一丝反光，但这一切并不决定于我，唉，这只有天知道。

菲利普·唐思林：大的无限和小的无限，就像阳光和深邃的黑暗，诗歌是不是您在人间道路上的平衡点，和天意不可分离？

吉狄马加：无论是面对浩瀚的苍穹，还是面对深邃的内心，诗歌从一个词开始，其实就已经进入了光明和黑暗所构成的无限。在诗歌中，是时间固化了短暂的黑暗和光明，也同样是时间，让黑暗和光明成为液态的海洋。伟大的德语诗人荷尔德林让我们相信，诗歌绝不是世俗的产物，而永远是万物群山之上的精神之光。我不能说，也不敢说诗歌是我人间道路上的平衡点。因为这可能是一种冒昧，甚至是对诗歌的一种不敬，诗歌于我而言，它永远站在最高的地方，以超越现实的英姿给我注入强大的力量。如果这种力量就是你所说的天意，那我可以告诉你，一个诗人一旦失去了这种力量的来源，他就不可能再写出神奇的诗句。

菲利普·唐思林：依您的看法，存在的荒诞是因为我们丧失了现代生活的意义，或者是因为我们不理解我们与大自然的关系（所导致的）吗？

吉狄马加：如果离开了生命本身的延续性，以及这种延续性本身的价值和作用，那么生命存在的意义，当然是具有荒诞性的，我以为生命的意义从来都是我们所赋予的，无论是过去的生活、现在的生活乃至于将来的生活。远的不用说，就在 20 世纪人类就经历了两次世界大战，而在此后区域性的战争和冲突从来没有停止过。恐怖主义、宗教战争及种族屠杀也并未杜绝，甚至在一段时间里甚嚣尘上。什么是人类存在的意义，有许多思想家和哲人都给出过不同的结论，但有一点是共同的，那就是对存在所产生意义的根本质疑。人类永远不能离开业已形成的经过检验的道德和伦理规范，当然更不能违反我们与自然形成的和谐关系，否则人类可能会在错误的选择中迷途难返，人类的未来也必然会陷入危险的境地。重新确立我们的精神和道德法则，让人类回到真正能赋予生命更有意义的价值重构中，真正结束我们与自然的对立关系，唯此，或许人类的未来才是美好的。

菲利普·唐思林：诗歌，主要是您的诗歌，是不是就是尝试与事物保持一种不确定性？

吉狄马加：诗歌当然不是对事物的直接反映，这种不确定性是任何时候都存在的，诗歌与事物的关系不是镜子留下的影像，而是这个影像在诗人眼睛里的另一种折射。诗人与事物之间的不确定性，这是他的主观性所决定的，诗人对世界的感知具有某种先验性，正是因为这种先验性，诗人给我们提供的东西才是独有的甚至唯一的。诗歌不复制现实，只感知和呈现自己的现实。诗歌和事物之间一旦没有了距离，或者说诗歌与事物完全重合在了一起，那么诗歌本身就已经到了死亡的边缘。

菲利普·唐思林：山在您的诗歌中常常出现，您咏叹山峦……您是否觉得您被山超越、压倒，还是您使山变高以此来展现自身？

吉狄马加：你知道我出生于一个山地民族，而我诗歌中常常会出现群山的意象，我歌颂和敬畏群山，是因为山是我诗歌中的一个精神符号，同样群山也是我生命和灵魂的一个强大的精神背景，是它护佑着我，我的灵魂和身体才能获得真正的平静和安宁。我与群山的关系不是你想象的超越和压倒的关系，同样我也没有这样的愿望让它变得更高，我更多的是渴望得到它威力无边的保护，因为在我们彝人的精神世界中，那里就是诸神居住的神界。如果你有机会聆听到我们的祭司毕摩呼唤山神的诵词，你就会知道群山在我们的生命和精神中意味着什么，它神圣的地位是不言而喻的。

菲利普·唐思林：我们能体会到在您的诗文中对死的突出描写。死并不是事物的终点，而是它自在系统中生命的延续：就像生存中的神秘和美在经过死亡时相互升华。诗歌是不是这神秘的信使?

吉狄马加：所有伟大的诗人都会写到生，当然也会写到死，而死亡在彝人的宗教生活中，不是一个简单的过程，而是一个庄严的仪式。正因为有死亡的存在，我们才可能去思考生命的意义。彝人认为死亡是另一次生命的开始，而人有三魂，一魂会留在火葬地，一魂与灵牌在一起让后人供奉，还有一魂将被送到祖先居住的地方。在彝人的传统诗歌中，对死亡有着最精辟的论述，也可以说对死亡有着最透彻的理解。许多彝人在中年的时候，就在为自己准备死亡时所穿戴的丧服。诗歌当然是神秘的信使，它报告了生命的诞生和爱情，每一首真正的诗歌都是一个生命最辉煌的临盆，它同样也传递着死亡的消息。因此，在我们的诗歌中，对死亡的回忆才会成为生命中永恒的命题。

菲利普·唐思林：“传递”一词经常出现在您的诗歌里，对您来说，诗歌是这种传递的有力手段吗？诗歌能保护它所传递东西的秘密吗？

吉狄马加：你说“传递”这个词经常出现在我的诗歌里，说明你的阅读是细微的。我想告诉你的是，诗歌本身就是由“传递”构成的，主观与客观的传递、形式与语言的传递、词语与词语的传递、已知与未知的传递、深色与浅色的传递、光明与黑暗的传递。在诗歌中“传递”并非仅仅是一种手段，它是我面对创造必须接纳而又要深入其中的电流，诗歌的意义可以一层一层地剥开，就像我们在剥开一个玉米；诗歌的“传递”不仅是内容和表层的意义，它还会传递隐喻、象征诸如此类更隐秘的东西，“传递”对我来说是双重的，更是多重的，事实告诉我们，诗歌在很多时候，保护了它所需要传递的秘密。

菲利普·唐思林：我发现在您的长诗写作中，您总是在精神和肉体、肉体和精神之间反复徘徊，一种真正的不可分割的循环。诗歌是不是外界的证人或这一行动的主角？

吉狄马加：徘徊穿行在理想和现实、精神与肉体之间，作为诗人这并不是我一个人的行为，但我的作品的确反映了这样一种状况，因为从根本上来说我的心灵就置身于这样一种冲突之中。每一个诗人都不是抽象的人，他的全部写作与他实际的现实生活是密不可分的，除了他们在精神和文化背景上的差异，另外所承担的责任和使命也是不一样的（有的诗人不会这样看）。但有一点是肯定的，就是诗人的写作无论怎样都不可能离开对精神和肉体的抗拒或和解，因为肉体一旦被赋予了灵性，它就是一种精神，否则肉体就失去了其存在的特殊价值，当然从这个意义上来讲，精神与肉体的博弈是循环往复的，除非有一天生命结束，这一切才算有个了结。我不能说诗歌是外界的证人或这一行动的主角，但我要说，诗歌自始至终是一个参与者，没有它，就不可能有我们用语言进行的这一有关精神和肉体的创造。

菲利普·唐思林：您写到“我只是在梦中才能看到自己”，诗歌是不是这个让您看到的梦境或这一幻觉让您做的梦？

吉狄马加：现实中的自己和梦境里的自己当然是不一样的，梦境中的自己可能才是最真实的自己，而现实中的自己并非真正的自己。毫无疑问，我是通过诗歌这条隐秘的通道找到了另一个自己，我不认为这仅仅是一种幻觉，因为现实和梦境总是在调换着它们的方位。一个诗人如果有一天不能再从梦中看到自己，那么他身上所具有的灵性和禀赋就将离他远去，而作为一个诗人，他的使命和所具备的法力也就宣告了结束。

菲利普·唐思林：如果现实通过梦境实现，书写它的深层意义而使之成为历史，您不觉得诗歌是在撰写历史吗？

吉狄马加：如果你说现实是通过梦境来实现的，是基于诗歌本身的创造特质所决定的，这个判断或许是可以成立的。但是我想，更准确的表述应该是，诗歌是通过对现实这面破碎的镜子多维度的折射来实现的，它不是现实本身，而是被主观性重新铸造的一种精神。诗歌的写作当然是对它所需要揭示事物真相的深层意义的书写，也可以说是对现实意义所做的最深入的描述，它也必然会成为一种历史。诗歌所撰写的历史要比现实的历史更深刻、更具有哲学性，因为它撰写的永远不是世俗生活的历史，而是一部人类心灵世界的精神史。

2019 年 9 月 7 日

吉狄马加：返回吉勒布特的道路

耿占春

吉狄马加在他新近的一首长诗《致马雅可夫斯基》中说，“天才都是不幸的”，然而不论从哪方面看，吉狄马加都与“不幸的天才”无关，相反可以说，他是一个诗歌的幸运儿。除了古老而伟大的诗歌传统，诗人与高官似乎已经没有什么因缘，尤其是在当代中国，穆旦、昌耀是饱经忧患的，北岛是一代被放逐者的象征，海子、顾城则是精神绝望的乌托邦表达。比起诗歌在公众心中的概念，作为一个诗人的吉狄马加似乎是一个例外，他没有历经诗人宿命般的困厄命运，他的传记经验也不提供这一传奇，如果有的话，人们看到的是诗歌书写与社会承认不可复制的结合。正如我们所知道的，除了荣获多种国内外的文学奖项，2014 年度南非姆基瓦人道主义奖就首次颁给了两位亚洲人，一位是巴勒斯坦首席谈判代表埃雷卡特，另一位就是吉狄马加。

是啊，为什么是吉狄马加？一方面他是那个被人们称为书记、副省长、部长、副主席的吉狄马加；另一方面又是被诗人直呼其名的人，一个乐道而忘势的人，他对诗歌的热爱也常让别人忘记了他的地位。但正是做副省长和部长的时期，他创办了一系列国际性文化活动和文化节，诸如“青海国际水与生命音乐之旅”、世界唯一有关人类高原生活的“青海世界山地纪录片节”，并担任“玉昆仑国际纪录片奖”主席，他还创办了真正具有国际影响的“青海湖国际诗歌节”、创立了“金藏羚羊”国际诗歌奖，以及“青海国际土著民族诗人帐篷圆桌会议”等，这些诗歌的节日为不同区域、民族、代际和不同风格流派的诗人创造了相遇与交流。而对“大美青海”旅游经济的拉动，只能说是这些艺术与诗歌品牌的一个副产品。固然人们可以将这些文化项目视为作为副省长与部长的吉狄马加在为诗人吉狄马加而勤勉效力，但与此同时，正是作为诗人的吉狄马加，才能将他对生态、环境、自然资源的关注及其与人类息息相关的文化多样性等议题提上地方政府的工作日程。诗人的世界性视野和想象力成为吉狄马加从事政务时的灵感，正像人们曾在从圣琼·佩斯到帕斯的诗人外交生涯中所感受到的诗歌对国际事务的独特洞见。最近，他又在故乡大凉山，创立并主持一项“诺苏艺术馆诗人之家”及其国际写作计划。

这些自然都是吉狄马加两种身份之间相当建设性的互动，那么，吉狄马加是如何书写作为一个诗人与世界之间的分歧、批评与异议呢？他书写中隐约的痛苦、深深的不安与焦虑，它们来自何处？吉狄马加从何处、以何种方式发出他作为诗人的另一种声音？

1

从80年代初开始，当诗界在一种启蒙思想语境中转向个人主体性和自我意识觉醒的时刻，出生于大凉山的吉狄马加则为那个时代主体性的声音增添了一种源于历史深处的和声，他的诗歌回荡着《送魂经》的念诵声，回响着彝人的原始乐器口弦、马布、卡谢着尔的声音，在他的自我意识中回响着“毕摩的声音”、诺苏人的“黑色狂想曲”和“部落的节奏”，闪动着“群山的影子”“苦荞麦”和“故土的神灵”……在吉狄马加的青春时期，他在诗歌写作中创造出另一个自我、另一个声音，激荡起一个族群的历史共鸣，吉狄马加从一种追忆、赞颂、自豪的认同感情出发，创造出他的忧伤、愤怒和一直萦绕心间的别样沉思。

在吉狄马加最早的《自画像》中，他是这样确立起作为一个诗人的自我意识的：“我是这片土地上用彝文写下的历史 / 是一个剪不断脐带的女人的婴儿”，他称自己的名字被寄予了无限的“痛苦、美和希望”——

那是一个纺线女人
千百年来孕育着的
一首属于男人的诗
我传统的父亲
是男人中的男人
人们都叫他支呷阿鲁
我不老的母亲
是土地上的歌手

一条深沉的河流

我永恒的情人

是美人中的美人

人们都叫她呷玛阿妞

我是一千次死去

永远朝着左睡的男人

我是一千次死去

永远朝着右睡的女人……

在《自画像》中，他不仅描绘着一个民族的独特面孔，又表现出人类生存的普遍倾向，他说：“……这一切虽然都包含了我”，其实“我”又是千百年来“正义与邪恶”的抗争，“爱情与梦幻的儿孙”，是“千百年来”的“一切背叛 / 一切忠诚 / 一切生 / 一切死”——

啊，世界，请听我回答

我—是—彝—人（《自画像》）

吉狄马加的《自画像》既是 80 年代主体性和启蒙的结果，又从一开始就与个性化自我保持了距离。在北岛震撼人心的时代性的《回答》之后，在北岛赋予个性挑战性的否定回答之后，吉狄马加将视野扩展至人们目力不及的边陲，扩展至不为人知的民族志的诗学书写，他为人们提供了一个族群历史追忆性的肯定“回答”。在吉狄马加的早期诗歌中，我们看到的是彝人与诗人的自我意识，它意味着双重意义上的“少数”。在启蒙思潮之后，吉狄马加的诗带来了另一种思想启明，而人们还要再过许多年，才能听懂这一回答的历史性寓意。

一个初冬的日子，穿越一条通往大凉山的云中公路，我来到了邛海边的西昌，准备跟诗人一起返回他的故乡，凉山腹地的吉勒布特。而在这里，在邛海边，我第一次听到彝族歌手演唱这首《彝人之歌》，毫无疑问，彝族歌手们赋予这首歌的认同感比所有的阐释者更为深切，《彝人之歌》就是他们血液流淌的力量与节奏。而在去吉勒布特的途中，再次听到了非专业人士的演唱，这是他们背诵民族诗歌的方式，一位在大凉山腹地工作的公务员，据说一个晚上，他彻夜唱着《彝人之歌》，每唱一遍都泪流满面。随后的日子，在云南丽江，在巍山，在南诏国发祥地，我多次听到过这支《彝人之歌》。丽江的一个歌者说，凡有彝人生活的地方，就有人唱这支歌。置身于他们之间，你可以听到，一个民族诗人如何对每一个彝人的灵魂说话，如何对他们的祖先说话。而正是在大凉山，才能让人领悟到吉狄马加《自画像》“题记”的深意——

风在黄昏的山冈上悄悄对孩子说话，
风走了，远方有一个童话等着它。
孩子留下你的名字吧，在这块土地上，
因为有一天你会自豪地死去。

自从诗人 80 年代走出大凉山，这个童话就留在了吉勒布特。对吉狄马加来说，族群、祖先、土地，那是一个起源性的时间与地方；而他一再书写的“返回”或“还乡”，则无疑意味着解决令人困扰的生存意义的方案，也是最终能够转换死亡价值的一条路径。

而对吉狄马加来说，他的全部诗歌也都在持续地修改或丰富他的“自画像”，他的自我理解是一个逐步深入的过程。问题与答案都隐藏在他对《身份》的一再重申中：

有人失落过身份
而我没有

我的名字叫吉狄马加
我曾这样背诵过族谱
……吉狄吉姆吉日阿伙……
……瓦史各各木体牛牛……

在邛海边的“彝族奴隶社会博物馆”，我看到了这一族谱之树，据讲解者说，这一分支（诺苏或崇尚黑色的彝人）属于奴隶社会的贵族阶层。随后可以在这个博物馆看见关于这个阶层的历史陈述，贵族阶级的地位与荣誉并非单纯世袭就足够了，贵族拥有荣誉，也必须以自身的行为捍卫这一荣誉，贵族必须承担保卫家园及其子民的责任。这让我意识到，包含在《身份》中的内涵，比《自画像》更具体了一些，或许，吉狄马加不是随意提到了《勒俄特依》这部彝族历史上著名的创世史诗。

因此，我确信
《勒俄特依》是真实的
在这部史诗诞生之前的土地
神鹰的血滴，注定
来自沉默的天空

而那一条，属于灵魂的路
同样能让我们，在记忆的黑暗中
寻找到回家的方向

无论是这部律法中被遗忘的贵族式的牺牲精神还是民族的史诗记忆的黑暗，都是吉狄马加《身份》的应含之意，但他以微言叙述一笔带过。什么是“神鹰的血滴”？什么是“属于灵魂的路”？什么是“记忆的黑暗”？在这座奴隶社会博物馆关于彝族传统的“习惯法”部分，我看到了既属于律法又属于史诗的内涵，从中能够隐约感知一种长期被曲解的贵族观念，这种贵族观念或许正是古老史诗的一部分：每遇战争，贵族必须参战并冲在队伍的前面，而非躲在后面指挥他人。低等社会阶层的成员则不必参战，不仅因为较低阶层的命运是庸常劳作，也因为家支利益与低等阶层没有多大关系。贵族的荣誉来自他为保卫家支—族群从容赴死的责任。如果他负伤或死亡，也要检查他身上的箭弹伤痕是前身还是在后背，前者会尊为家支—族群英雄，后者会被人们所唾弃。无论从哪方面观察，黑格尔的观念都是一个诺苏人：贵族或主人，即拥有主权者用死亡的危险对抗死亡的恐惧。贵族所冒的风险是对其自身主权的肯定。或许自由的最高意义就是死亡。同样，没有自由就没有主权，没有对自由的捍卫就没有主权，这是一个无法倒置的过程。而奴隶，则是屈从于死亡恐惧而服从主人的人。潜在的拥有主权的生活是通过接受死亡的挑战而获得的。对不必承担社会责任并满足于获得生活必需品的低等级社会成员来说，这或许意味着不平等之中的另一种公正。

难怪有人告诉我
在这个有人失落身份的世界上
我是幸运的，因为
我仍然知道
我的民族那来自血液的历史
我仍然会唱
我的祖先传唱至今的歌谣
当然，有时我也充满着惊恐
那是因为我的母语
正背离我的嘴唇
词根的葬礼如同一道火焰……

显然，《身份》的声音没有《自画像》那么单纯了，诗中出现了痛苦不安的音调，从“没有失落身份”的自豪宣告到“母语正背离我的嘴唇”的惊恐，接着他承认自己“陷入一种从未有过的悲伤”，值得注意的是，《身份》是写给“我亲爱的兄弟”、当代最伟大的阿拉伯诗人、巴勒斯坦国歌词作者穆罕默德·达尔维什的。这意味着，吉狄马加将“身份”及其“失落了身份的漂泊者”视为当代世界的普遍问题，而他的“惊恐”与“悲伤”也正是来自这里。在《身份》中，吉狄马加将“公平与正义”的诉求与对“家园”的守护再次联系在一起。

当我再次回想大凉山里的那些歌者和喜爱吉狄马加诗歌的彝人，难道不是恰恰因为他们意识到这种“失落的身份”和感受到一场“词根的葬礼”，他们才如此热爱吉狄马加和他的诗篇？难道不仅是吉狄马加说出了他们的自豪也说出了他们深深的不安与忧伤？应该说，吉狄马加诗歌中“自由”的词根正是植根于这里，植根于凉山，植根于诺苏人的习惯法。

在 80 年代初，当吉狄马加的诗拥有一种辉煌传统的自我意识的时刻，他尚未预料到从认同出发会抵达他的“失落”，《自画像》会演变成一种《分裂的自我》，他在这首诗中写道：“我注定要置于分裂的状态。”在“诞生和死亡”最初的较量之后——

我的一部分脸颊呈现太阳的颜色
苦荞麦的渴望——
在那里自由地疯长
而我的另一部分脸颊
却被黑暗吞噬
消失在陌生城市的高楼之中
我的左耳能听见
一千年前送魂的声音

尽管吉狄马加说，这古老有力的声音“它能把遗忘的词根 / 从那冰冷的灰烬中复活”——

然而，我的右耳却什么也听不见
是钢铁的声音已经将它杀死！
我的两只眼睛
一只充满泪水的时候
另一只干渴如同沙漠

诗人的全部意识、无意识与感官，都经历着一种分裂的体验，但也是一种让诗人愈加谦卑的体验——

当我开口的时刻
世界只有死亡般的寂静
当我沉默寡言——
却有一千句谚语声如洪钟！

《自画像》中“我是彝人”的自豪情感受到了《身份》中“词根的葬礼”的质疑，在《分裂的自我》中则是一切感官与感知的错位，这个分裂的自我体验着一种时代性的精神分裂：左耳能够听见“一千年前送魂的声音”，右耳却已经失聪，“钢铁的声音”杀死了神灵，杀死了一个充满灵知的世界。但对吉狄马加来说，倾听的重要性也因此首次高过了言说：在失聪的时刻，聆听充满古老智慧的谚语成为一种新的救赎性方案。在西昌“彝族奴隶社会博物馆”里，有这样书写着诺苏人的谚语：“格言是语言中的盐巴”“前人无格言，后人无话说”。前者意味着格言（诗歌）是语言中的味道、滋味、意味、意义；后者则意味着格言是语言中的法度、法则，但这一法度是“前人”即祖先所启明的，是后人可以遵循的理路、言说的路径或裁定事件的义理。

在吉狄马加的诗歌中，诗人与巫师的视同，语言与通灵的关系，是一个如此普遍的主题，他由此深化了《自画像》与《身份》或《分裂的自我》这一民族志诗学问题，他称颂马雅可夫斯基是预言家和“语言的巫师”，也深谙翁加雷蒂的语言密码，说“他是最后的巫师，话语被磁铁吸引。修辞被锻打成铁钉”，他内行地瞩目这位隐逸派诗人的语言怎样通往“尼罗河睡眠时的梦境”，在语言中开闭“通晓隐秘的道路”，而在《寻找费德里科·加西亚·洛尔迦》一诗中，吉狄马加则以《自画像》的意味写道：“他不是因为想成为诗人才来到这个世界上/而是因为通过语言和声音的通灵/他才成为一个真正的诗歌的酋长。”

事实上，作为诗人的吉狄马加也是一位语言的巫师，此刻正在为他的民族提炼着“语言中的盐巴”，当他坐在彝人中间，当他坐在火塘边与人们交谈，念诵他的诗篇时，我知道在座的彝人一定有人在此听见了毕摩的声音。他不就是这个时代里提供了语言的法度、裁定事件义理、唤醒一种新的精神生活的当代毕摩？“当我开口的时刻/世界只有死亡般的寂静/当我沉默寡言——/却有一千句谚语声如洪钟！”

诗人知道，《分裂的自我》意味着文化传承的分裂，而一种文化的分裂也出现在自我的内部，“我曾拥有一种传承 / 而另一种方式却在我的背后 / 悄悄地让它消失”，一种分裂的自我在“差异和冲突中舞蹈”，从自豪地宣告到不无痛苦地承认——

我是另一个吉狄马加
我是一个人
或者说——是另一只
不知名的——泪水汪汪的动物！

从“我是彝人”的《自画像》到《分裂的自我》，这另一个吉狄马加，再到“另一只 / 不知名的——泪水汪汪的动物”，没有毕摩和苏尼能够承担起救赎的职责，而诗歌与艺术，则是表达与探索这种处境的唯一方式。在“诺苏艺术馆诗人之家”，书柜里摆放着浩如烟海的毕摩文献，在彝族博物馆的一个展厅内，陈列着毕摩和苏尼做法事的图片，播放着录像，大凉山在吉狄马加的诗篇里，回响着一千年前送魂的声音……

2

吉狄马加诗歌的主要灵感来自他的生活世界，来源于一种变动着的世界图景和永恒性之间的张力，这使他的诗既深具现代性体验又区别于当代诗歌中的文本主义，吉狄马加的诗是诗界革命的倡导者黄遵宪所说的那种“诗之外有事，诗之中有人”的作品。也同黄遵宪一样，吉狄马加把诗视为一项与他所行之事所欲成为之人相关的事业，这也就使他的诗与文本主义大异其趣。

而什么是吉狄马加“诗中之人”？什么是他的“诗外之事”？吉狄马加的诗歌是他的一系列“自画像”和他的异名，是他的自我和一系列的变形记。就像我们已经在他的《身份》的重申和《分裂的自我》中所看到的，通常而言，他的诗篇是在普遍性的前提下书写的争议，在认同的前提下显现出的差异，在颂扬风格中隐含着的批判。至于有关某些普遍性观念的现实推论，他省去了。他匿名了。但他没有缺席，也没有沉默。

在《巨石上的痕迹——致 W.J.H 铜像》中，吉狄马加给予彝人同族前辈倮伍拉颇（伍精华）的生平传记一种微言叙述，一种有限的赞美和无限的尊重，“其实你的名字，

连同 / 那曾经发生的一切 / 无论是赞美，还是哑然 / 你的智慧，以及高大的身躯 / 都会被诺苏的子孙们记忆”。在多种异名书写中，吉狄马加如此偏爱一种传记话语，因为这种话语一开始就包含着诗中之人和诗外之事，隐含着某些历史、事件、环境及其符号表征。对吉狄马加来说，一种传记式的叙述意味着，一个专有名字变成了一个专有名称，被一个族群所记忆的名字，意味着一种普遍理念的人格化体现，这意味着他的传记经验或生活实践为众生探索了共同生活的智慧，启迪了人们的心智；这种智慧或理性不是一种乌托邦式的幻想，而是在困境中给人们共同的意愿拓展出一些实施的空间；因此他可能不是尽善尽美的，既包含着“赞美”也有“哑然”，但诗人如此表明了一种理解与尊重的心迹，“是一个血与火的时代，选择了你 / 而作为一个彝人，你也竭尽了全力”，在那——

黑暗与光明泥泞的路上
虽不是圣徒，却遮护着良心
你曾看见过垂直的天空上
毕阿史拉则金黄的铜铃
那自然的法则，灼烫的词根

对吉狄马加所追忆之人，他的生活传记被视为一种谨慎的道德实践，所行之事受到应行之事的召唤，自然也受制于实践的历史条件。诗中的毕阿史拉则是彝族古代著名的祭司、天象师和文字传承者，就像倮伍拉颇望得见这位祖先所启明的自然法则，吉狄马加也将对族人倮伍拉颇的追忆视为对自身的某种期许："虽不是圣徒，却遮护着良心"，这不是成圣的道德幻想，而是接纳一种备受折磨的良知生活。

只有群山才是永久的灵床
我知道，你从未领取过前往
——长眠之地的通行证
因为还在你健在的时候
我俩就曾经这样谈起——
我们活着已经不是为了自己
而死亡对于我们而言
仅仅是改变了方向的时间！

传记式的叙述有一个逻辑起点，那就是传主的死亡或"死者之美"，而在对倮伍拉颇的追忆里，死亡又是他们共同意识到的一个思想焦点——不要忘了在吉狄马加最初的《自画像》里，就预留了一个童话：风在黄昏的山冈上耳语，在这片土地上，一个人可以自豪地死去。群山在这里意味着一个族群的存在,一种群山般恒久的记忆担保人。只有那些为了众生而生的人，才值得被“永久的灵床”所接纳。既然诗人与逝者曾经这样谈起“自己”，“我们活着已经不是为了自己”，而唯有这样的人，死亡才是“改变了方向的时间”，一种向祖先的群山回归的时间。当逝者作古成为“前人”，一种改变了方向的时间就诞生了，一种民族的记忆和话语就诞生了。这时人们所说的话语并非眼前之物，而是生命的表征与存在的痕迹，它们是让话语及其意义成为可能的根据。一种无声的默契贯穿着追忆性的话语。这是吉狄马加诗篇中“还乡”的根本寓意。

当诗人对生与死的追问超越一己之身的时候，当他向时间的相反方向追忆逝者的时候，当他对逝者的追忆视为“我们……自己”的时候，诗人转向了对未完成的自身的期待。吉狄马加的异名书写同样是在书写着他的自画像，或许，他一直在丰富和完成他的另一种自画像？在一幅个人的自画像与他的更深邃的族群身份背景——如同在永久灵床的群山和一种改变了方向的时间之间完成一种永恒的连接？

在诗歌书写中吉狄马加反复地修正着一幅又一幅“自画像”，深化着他的“身份”，修复着“分裂的自我”。事实上，他也通过其他名字、通过一些没有疑义的名字、通过认同感极高的名字，表达出他的恍然、焦虑和隐秘的不安。吉狄马加通过诗歌中的众多异名，构建了关于自我的一个精神谱系，这个精神谱系有着广阔的光谱，从毕阿史拉则到彝人历史上的众多精英，再到艾梅·塞泽尔、曼德拉……

吉狄马加在献给纳尔逊·曼德拉的诗篇中称他为“我们的父亲”，“我为那永恒的黑色再没有回声 / 而感到隐隐的不安，风已经停止了吹拂 / 只有大海的呼吸，在远方的云层中 / 闪烁着悲戚的光芒”——对于吉狄马加来说，当然又是传记，又是微言叙述，又是从死亡开始，同样，又是一次“回归”——

他要去的那个地方，就是灵魂的安息之地
那个叫库努的村落，正准备迎接他的回归
纳尔逊·曼德拉——我们的父亲

或许缘于“黑色”之意在彝族语言中的特殊含义，“诺苏”即尊崇黑色的人，吉狄马加在诗歌话语中有充足的依据将“黑色”视为高贵的精神象征，在更普遍的语境中，遗忘了白色，而且遗忘了偏见赋予黑色“歧视”的含义，正是在追求尊严、平等与自由的意义上，诗人将曼德拉视为我们的父亲。而父亲，就是庇护着人们成长、呵护着脆弱生命的前辈。在此意义上，曼德拉是一个将他的影响力扩展至世界范围的“遮护着良心”的人。与之不同的是，如果说族人前辈倮伍拉颇被一个“血与火的时代”所“选择”，那么曼德拉则是义无反顾地“选择”，并且“他将从此把自己的生命——与数以千万计的 / 黑色大众的生命联系在一起”——

选择别离——因为相聚已成为过去

选择流亡——因为追逐才刚刚开始

选择高墙——因为梦中才会出现飞鸟

选择呐喊——因为沉默在街头被警察杀死

选择镣铐——因为这样更多的手臂才能自由

选择囚禁——因为能让无数的人享受新鲜的空气

为了这样一个选择，他只能义无反顾

因为他的选择，用去的时间——

不会是一天，也不会是一年，而将是漫长的岁月

同样意味深长的是，曼德拉也是“一个酋长的儿子”，但也是普通的“一个有着羊毛一样卷发的黑孩子”——

曾经从这里出发，然而他始终只有一个目标

那就是带领大家，去打开那一扇——

名字叫自由的沉重的大门！

不仅是在曼德拉这里，在吉狄马加的许多诗篇中，细心的读者都会发现他对“打开那一扇门”的无比期待和无限信心！它是赞颂米沃什最终“让生命的耻辱和绝望，跨过了——最后的门槛”，它是蒂亚瓦纳科“在子夜时分为献祭”而打开的“太阳石的大门”，它是“拉姆措湖的反光”中“始终开着”的“那扇大门”，也是“打开了所有的窗户”的“鹰的葬礼”……在吉狄马加的词根里，打开另一扇门、另一扇窗，既是突破尘世局限与监禁的表征，又是开启另一个世界，获得无上自由、恩典和关怀的表征。正是在这个意义上，曼德拉被诗人视为我们“共同的父亲”——

不，他当然绝不仅仅属于一个种族
是他让我们明白了一个真理，那就是爱和宽恕
…………
只有他，才有这样的资格——
用平静而温暖的语言告诉人类
——“忘记仇恨”！

吉狄马加的许多诗篇都书写着自由与尊严的主题，同时吁请友爱与宽容。一方面我们会看到吉狄马加的诗篇有着一个彝人的历史文化视野，凸显出一个民族志的主题；另一方面，他又是一个具有20世纪国际问题视野的诗人，他之所以拥有国际视野不仅是因为他曾经走遍了世界，也恰恰因为他是一个彝人，才对20世纪的世界性视野里的主要问题更为敏感。“仇恨记忆”或许意味着基本的良心，但“忘记仇恨”呈现出更包容的良知。尽管诗人一直站在弱者一边，但他不是仇恨入心要发芽的“仇恨政治”的倡导者。因此，诗人高度认同曼德拉的再次选择，即在充满战争、种族迫害和政治灾难的环境里，他教导人类去追求自由与尊严，同时他教诲我们爱、宽恕和相互承认。

他将被永远地安葬在那个名字叫库努的村落

我相信，因为他——从此以后

人们会从这个地球的四面八方来到这里

而这个村落也将会因此成为人类良心的圣地！

如同大凉山是倮伍拉颇永久的灵床一样，曼德拉最终也是一个返回故土的人。回归、返乡与返回，在吉狄马加的诗篇中具有特殊的语义。这是他所有的诗篇都指向的方向！都指向吉勒布特和它的异名书写，指向吉勒布特和它的易位书写。

同《巨石上的痕迹》一样，《我们的父亲》也是一篇简短的传记，吉狄马加偏爱以传记的方式说出最终的话语。正是传记经验的叙述让普通概念或抽象观念变成了一些专有名词，让人类的抽象观念变成了一种传记式生活实践的叙述，这是吉狄马加如此钟情于“死者之美”的一个诗学秘密。

对吉狄马加来说，诗歌的古老传统是从庄严的颂歌、从祖先的史诗和对世界的颂扬意识开始的，现代诗歌已主要地转向了批评意识或帕斯所说的批评的激情，但他更明白一点，即一种没有颂扬的批评逐渐蚀空了批评的意义。

因此，吉狄马加诗歌中的批评总是伴随着古老的颂扬，他的批判意识中总是燃烧着一种希望之火。他的质疑与批评总是从认同感和强烈的赞颂意识开始的，并从认同与赞颂的声音中分化出一种批评的激情。

……他们绑架舆论，妖魔化别人的存在
让强权和武力披上道德的外衣
一批批离乡背井流离失所的游子
只有故土的星星才能在梦中浮现

他近期的长诗《致马雅可夫斯基》也是一首包含着传记式叙述的作品，他一如既往地将传记叙述视为一个专有名称对普遍理念的肉身化，也同样从对前辈诗人的赞颂中发展出一种不无激烈的批判——

他们打破了一千个部落构成的国家
他们想用自己的方式代替别人的方式
他们妄图用一种颜色覆盖所有的颜色
他们让弱势者的文化没有立锥之地

是的，吉狄马加必须在马雅可夫斯基的声音中运载自己的声音，在一个诗人的传记经验中过渡到更普遍的人类经验世界。通过对专有名字的认同、赞颂，通过对值得人们记忆的人物与事件的独特关注，吉狄马加的诗歌与范围广泛的、异质的然而又是相互关联的生存状况与社会实践建构了一种视界融合。吉狄马加一直使用着赞颂、认同的音调，是的，是借用，以便那些修辞方式允许他在认同的基调上展现出另外的声音。那是焦虑不安，是异议，是批评。人类文化多样性，自然秩序，民族传统及其符号，这些给予吉狄马加的诗歌穿过“政治正确”的门槛，然而在穿过这道门槛之后，吉狄马加转向了诗人的异议，对统一性或同质化的批评，对被剥夺者的关注，对失去声音和生存空间的忧虑……

吉狄马加拥有一个少数的名字，“彝人”，一个独特的名字，“诗人”，也拥有一个共享的名字，“人类”；吉狄马加必须拥有一个普遍性的名字，也必须拥有一个正确的名字，“第三世界”，以便为一切弱势者或弱势群体说出抗议的话语：“从炎热的非洲到最边远的拉丁美洲/资本打赢了又一场没有硝烟的战争”，他使用这个正确的名字，除了诗篇的传主马雅可夫斯基，还有从非洲到拉丁美洲的弱势国族及其群体，他通过一个赢得普遍认同的名字“马雅可夫斯基”以便表达出他的专名所持有的异议与批评——

他们不理解一个手工匠人为何哭泣手
他们嘲笑用细竹制成的安第斯山排箫
只因为能够吹奏的人已经寥寥无几
当然，他们无法回答，那悲伤的声音
为什么可以穿越群山和幽深的峡谷……

在吉狄马加的异名书写中，安第斯山排箫也就发出了凉山的口弦的声音，在凉山，在四川和云南的许多地方，我听见过年轻演奏者和彝族老人的口弦吹奏，听见吉狄马加《口弦》中所说的“口弦的弹奏／是一种隐秘的词汇／是被另一个听者／捕获的暗语。／……它微弱的诉说／将会在倾听者的灵魂里／掀起一场／看不见的风暴”！就像安第斯山排箫是凉山口弦的异名书写，同样，拉丁美洲“野蛮人的习惯法”也是凉山彝人习惯法的异名书写——

他们摧毁被认定为野蛮人的习惯法

当那些年轻的生命寻求酒精的麻痹

无论是男人还是女人都一样

他们却对旁人说："印第安人就喜欢酒！"

在西昌"彝族奴隶社会博物馆"内，关于诺苏人的习惯法有这样的一些条款：凡涉及高等级与低等级的人发生经济或债务纠纷，一定要维护低等级人的利益；凡涉及高等级的人与低等级的人发生事关荣誉的纠纷，应维护高等级人的荣誉感。——这就是彝族"奴隶社会"或"野蛮人的习惯法"！在大凉山看到诺苏人习惯法中的这些条款时，有一种在山野间与古老真理不期而遇的震惊。这也是一种公正，一种不可思议的被忘却的简单的真理。可以想见，这些习惯法后面有多少案例，案例后面又有多少故事，故事凝结成一些格言……格言后面有一些智慧的老人，一些男人和女人，他们之间有着多少教诲性的场景，在吉狄马加的微言叙事里，在致敬马雅可夫斯基的书写中，正是凉山诺苏人历史中一些消逝的声音被再次异名书写的时刻……

诺苏人的祖先在建构这些习惯法时未必书写过多少政治哲学著作，却懂得区分两种不同的人类需要：荣誉与利益。诺苏人深深懂得这样两种不同的价值区分，又懂得如何通过两种不同的基本需要的满足方式，将不同的阶层关联在一起，构成一种社会秩序的基础。将荣誉与利益的区分视为一种“法度”，并据此协调不同等级之间的关系。不同阶层的区分依旧是一个社会性存在，荣誉与利益之间的区分在今天依然有效，只是荣誉与名望不再是从战争、从英雄般的牺牲中获得，即荣誉不再是贵族与武士的专利品，荣誉与名望从战争转向了文化领域，诸如承担社会使命、政治责任和文化创造，成为荣誉、名望的来源。与此同时，满足于生活必需品的阶层也分享尊严，分享他人的文化创造，并由此渴望得到尊重与认可。就今日而言，荣誉与利益之间的连接方式变得更多元了还是单一了？赫希曼在《欲望与利益：资本主义胜利之前的政治争论》一书中说：“对经济利益的欲望不再独立存在，而仅仅成了得到尊重的欲望的工具。由于相同的原因，非经济的欲望尽管强大，但也被全部融入经济欲望，非经济欲望的作用无非是强化了经济欲望，因而丧失了其昔日的独立存在。”设想，诺苏人的祖先或他们的习惯法也参与这场“政治论争”的话……

诺苏人的习惯法并不符合字面意义上的正当性，但隐含着一种至今犹具启迪意义的真理性。设想地位高的阶层不热爱荣誉而只爱金钱，不惜从社会底层贪婪无度地掠夺财富，而抛弃荣誉与尊严……遗憾的是这根本不是假设。荣誉（尊严、名望、精神生活的创造及其被认可、被承认的渴望）和利益（生活必需品和维系生活必需品的财富）是人类社会两种不同的基本需要。对于追求文化价值的人而言，生活必需品的满足是有限的，而荣誉、尊严、精神创造与被认可的需要是无限的。但不幸的是，马雅可夫斯基当年所目睹、所预见的状况并未改变，占据统治地位的阶层无度地攫取社会财富，不惜将社会底层抛入贫困——

其实，任何一场具有颠覆性的巨变
总有无数的个体生命付出巨大的牺牲
没有别的原因，只有良心的瞭望镜——
才可能在现代化摩天楼的顶部看见
——贫困是一切不幸和犯罪的根源……

对凉山，吉勒布特，对彝人及其生活世界，吉狄马加有着深切的怀念与记忆，他却很少书写它的贫困与诸种不幸，这不仅是因为他一直保有着未因其贫困而减弱的自豪与热爱，还有他将一个民族传统的激活和文化创造力的唤醒视为自强自尊的根本，而非单纯地呼吁经济救助。但在吉狄马加作为一种方法的异名书写中，谁又能断定他没有在彝人、凉山的众多异名中书写过凉山彝人的生存现实呢？或许只是他未曾将凉山、彝人的处境孤立地看待，或许，异名书写是他间接因而也是一种更自由的思考方式。在《致尤若夫·阿蒂拉》一诗中，在写给这位永远站在“饥饿的人们”一边的匈牙利诗人的诗作中，吉狄马加肆无忌惮地吐露出他心中能够吞下全世界的贫困处境的那种“饥饿感”——

你为什么能把人类的饥饿写到极致？
你的饥饿，不是你干瘪的胃吞噬的饥饿
不是那只饿得咯咯叫着的母鸡
你的饥饿，不是一个人的饥饿
不是反射性的饥饿，是没有记忆的饥饿
你的饥饿，是分成两半的饥饿
是胜利者的饥饿，也是被征服者的饥饿
是过去、现在和将来的饥饿
你的饥饿，是另一种生命的饥饿

没有饥饿能去证明，饥饿存在的本身
你的饥饿，是全世界的饥饿
它不分种族，超越了所有的国界
你的饥饿，是饿死了的饥饿
是发疯的铁勺的饥饿，是被饥饿折磨的饥饿
因为你的存在，那磨快的镰刀
以及农民家里灶炉中熊熊燃烧的柴火
开始在沉睡者的梦里闪闪发光
原野上的小麦，掀起一层层波浪
在那隐秘的匈牙利的黑土上面
你自由的诗句，正发出叮当的响声……

为什么不是凉山的黑土地呢？为什么不是同样闪闪发光的苦荞呢？它是，它们是，穿越“自由的诗句”。对吉狄马加来说，异名书写无处不在，饥饿、贫困与不幸也一样，超越了国界，不分种族，匿名的饥饿，是被“饥饿折磨的饥饿”……

对吉狄马加来说，正像苦难、贫困与饥饿有许多易位书写一样，诗人的异名书写拥有一个广阔的精神谱系。他是彝族人的骄傲创世英雄支呷阿鲁，他是彝族人的伟大祖先毕阿史拉则，他是精神谱系上的父辈曼德拉，他是兄弟般的穆罕默德·达尔维什，他是“黑人性”的寻根者艾梅·塞泽尔，他是作为见证者的流亡诗人米沃什……它是自然人格化的“古里达拉的岩羊”，是安第斯山的“羊驼”，是印第安人眼中的“孔多尔神鹰”，也是青藏高原上的“雪豹”……他或它，都是吉狄马加诗歌中的异名书写，他们是顽强而又脆弱的原始生命的表征，是少数民族历史命运与文化责任的一个表征。他们拥有一个共同的名字，他们是“屠杀、阴谋和迫害”的见证，是“苦难中的记忆”，也是“一个种族的化身”和“守护神”。这些生灵，知名的或不知名的，但都是吉狄马加所说的“泪水汪汪的动物”。

3

对冬季的大凉山来说，雨水显得过多了。群山被厚厚的暗云遮蔽着。又下雨，在邛海边，雨从屋檐上“啪啪嗒嗒”滴着，就像孤寂的世界发出了绵绵无尽的声音。你突然领悟——火塘是一个治愈的中心。在彝族人的瓦板屋里，火塘抵御着寒冷，抵御着比寒冷更冷的贫寒，抵御着比冬天还漫长的孤独。《火塘闪着微暗的火》，你读着，感受着这些逐渐带来暖意的文字，感受着火塘的治愈作用。而此刻你就像一个坐在火塘边的人拨弄着烧得暗红的炭火，听着吉狄马加在诗歌中说话，安静地吸收着火的能量……

我怀念诞生，也怀念死亡。

当一轮月亮升起在吉勒布特高高的白杨树梢。

在群山之上，在黑暗之上，那里皎洁的月光已将蓝色的天幕照亮。

那是记忆复活之前的土地，

我的白天和夜晚如最初的神话和传说。

在破晓的曙光中，毕阿史拉则赞颂过的太阳，

像一个圣者用它的温暖，

唤醒了我的旷野和神灵，同样也唤醒了

我羊毛披毡下梦境正悄然离去的族人。

我怀念，我至死也怀念那样的夜晚，

火塘闪着微暗的火，亲人们昏昏欲睡，

讲述者还在不停地述说……我不知道谁能忘记！

我的怀念，是光明和黑暗的隐喻。

在河流消失的地方，时间的光芒始终照耀着过去，

当威武的马队从梦的边缘走过，那闪动白银般光辉的

马鞍终于消失在词语的深处。此时我看见了他们，
那些我们没有理由遗忘的先辈和智者，其实
他们已经成为这片土地自由和尊严的代名词。
我崇拜我的祖先，那是因为
他们曾经生活在一个英雄时代，每一部
口述史诗都传颂着他们的英名。
当然，我歌唱过幸福，那是因为我目睹
远走他乡的孩子又回到了母亲身旁。
是的，你也看见过我哭泣，那是因为我的羊群
已经失去了丰盈的草地，我不知道明天它们会去哪里？
我怀念，那是因为我的忧伤，绝不仅仅是忧伤本身，
那是因为作为一个人，
我时常把逝去的一切美好怀念！

吉勒布特位于吉狄马加诗歌的核心，火塘是它温暖跳动的心脏。冬天的清晨我们终于启程了，在零星的雨水中，朝着吉勒布特的方向。在吉狄马加的诗篇中，到处闪耀着吉勒布特的光芒，而且同他的《自画像》或《身份》的异名书写一样，吉勒布特也拥有难以计数的异名。

诗人在多少诗句中对人讲述起他的吉勒布特？吉狄马

加在献给诗人艾梅·塞泽尔的诗篇《那是我们的父辈》中说:

昨晚我想到了所有返乡的人,

他们忧伤的目光充满期待。

艾梅·塞泽尔,我真的不知道,这条回乡的道路究竟有多长?

艾梅·塞泽尔是吉狄马加的又一个异名书写,这位当代具有世界影响的马提尼克黑人诗人和人道主义者,他首先提出了“黑人性”,倡导黑人自尊自强,他的《返乡笔记》是马提尼克文学和非洲黑人文学的基石,吉狄马加也以他自身的写作实践,成为当代彝族诗歌的创始者。在西昌,在凉山,你会遇见很多写诗的人,遇见把诗歌谱成曲的音乐人。在普格遇见诗人发星的时候,他拿出厚实的两大卷彝族诗人诗抄,我不无惊讶地询问凉山有多少诗人在写诗,发星说,至少也有三百人。吉狄马加的诗歌唤醒了一代彝族青年人,尽管吉狄马加是独特而不可复制的,年轻一代彝人仍然会将写作视为走出大凉山的一条路径。他们或许尚不明白,离开故乡的吉狄马加只是为着成为一个精神的“还乡者”,并正向他们共同的故乡走来。在献给塞泽尔的这首诗里，他没有叙述塞泽尔的传记经验，而是吉狄马加向这位先行者讲述了自己的故乡，讲述自己的父辈和他返乡的渴望，“我真的不知道，这条回乡的道路究竟有多长？”

凉山的彝族朋友们说通往吉勒布特的道路非常难走，从西昌出发之后才知道“这条回乡的道路”在山外根本不会被人叫作“路”，这是坑洼不平的碎石基，在细雨中不时翻涌着泥浆，司机要寻找着起伏较小的路面，以防陷入车轮打滑的水坑之中。汽车颠簸了几个小时才行走了八十千米，到达了普格县。

艾梅·塞泽尔，因为你，我想到了我们彝人的先辈和故土，
想到了一望无际的群山和一条条深沉的河流。
还有那些瓦板屋。成群的牛羊。睁大眼睛的儿童。
原谅我，到如今我才知道，在逝去的先辈面前，
我们的生存智慧已经褪化，我们的梦想
早已消失在所谓文明的天空。

毕阿史拉则的语言在陌生钢铁和水泥的季节里临界死亡。

而我们离出发的地点已经越来越远……

一路上我听到吉狄马加讲述他的部族的故事，那些“格言和劝解部族纷争的谚语”，“像豹子一样敏捷。具备羚羊的速度。/ 在征战的时候，他们跳跃于茫茫的群山和峡谷。/ 那麂子般的触觉，能穿透黎明前的雾霭。/ 他们是鹰和虎豹的儿子”，“是盐和看不见的山风塑造了矫健的形体。他们从诞生之日起，/ 就把自由和尊严埋进了自己的骨骼”。大凉山是适合诗人追忆先辈往事的地方，与诗歌的叙述相比，他的讲述赋予诗歌的微言叙述以人物与事件，更具历史叙事的意义。在他心中，在他的追忆中，一部史诗意味的小说已经自动完成了，似乎在等待着他去书写。我猜想，或许这就是前方吉勒布特的召唤。

小雨时断时续，我们只得在普格住宿下来，等待着次日天气好转，再前往山路更难走的吉勒布特。“我真的不知道，这条回乡的道路究竟有多长？”我听着一个彝族音乐人轻轻地唱出吉狄马加的《回答》——

你还记得

那条通向吉勒布特的小路吗?

一个流蜜的黄昏

她对我说：

我的绣花针丢了

快来帮我寻找

（我找遍了那条小路）

你还记得

那条通向吉勒布特的小路吗？

一个沉重的黄昏

我对她说：

那深深插在我心上的

不就是你的绣花针吗

（她感动得哭了）

在阳历的11月末，大凉山的许多地方刚刚过完了彝族年，然而到了12月凉山的另外一些地方，一些村寨还在准备着过彝族年。虽然彝人有彝历即古老的太阳历，但彝族人的年节日期却并不一致。据吉狄马加的讲述，在过去的世代里，每个彝人聚居地都会有一个年老的毕摩，他坐在山头上，看着日影移动到山顶某个地方，他就宣布说到过新年的日子了。真实的节日确实是地点与时刻的一致，而不是一个脱离了特定地点，也脱离了特殊事件与纪念仪式的抽象统一的节日，就像海岛上穿着单衣过“冬至”或春节一样。彝族的每个区域都希望有与生活地点高度吻合的新年。然而——一种分散了的节日，一种分散了的力量，一个悖谬的表达：节日的能量聚集被分化了。就像欢乐被分散了，礼物被分散了，节日氛围被分散了。共同体的某种象征力量、某种一致性的象征减弱了。或许你也可以说，节日被延期了，节日被延长了，在大小凉山，整个冬天到处都有村庄准备着迎接彝族新年……

在普格的次日早晨，听说海拔更高的吉勒布特夜里下了大雪，此次我们无法抵达诗人的故乡了。我看见普格的山顶也覆盖着一层薄薄的雪，山顶的树和投在雪野上的影子，似乎在将人带入一种沉思，它也是吉狄马加的《吉勒布特的树》的投影——

在原野上
是吉勒布特的树

树的影子

像一种碎片般的记忆

传递着

隐秘的词汇

没有回答

只有巫师的钥匙

像翅膀

穿越那神灵的

疆域

树枝伸着

划破空气的寂静

每一片叶子

都凝视着宇宙的

沉思和透明的鸟儿

当风暴来临的时候

马匹的眼睛

可有纯粹的色调?

那些灰色的头发和土墙

已经在白昼中消失

树弯曲着
在夏天最后一个夜晚
幻想的巢穴，飘向
这个地球更远的地方

这是黑暗的海洋
没有声音的倾听
在吉勒布特无边的原野
只有树的虚幻的轮廓
成为一束：唯一的光！

吉勒布特的“树”就像是吉狄马加诗歌的词根，就像“火”“火塘”“黑色”“苦荞”“岩羊”“土地”“眼泪”和“岩石”是吉勒布特隐秘的词汇群，然而在吉狄马加的诗篇中到处都是吉勒布特和它的易位书写，是吉勒布特和它的众多异名，就像唯一者和他的异名。他所书写的犹太人的哭墙与石头也就是彝人的土墙，“印第安大地的肚脐”也就是凉山腹地的故乡达吉沙洛。是的，吉狄马加的故乡有许多异名书写或易位书写，它是蒂亚瓦纳科，是瓜达基维河，是一条流经诗人洛尔迦故乡格拉纳达的河流，它也是拉姆措，是嘉那嘛呢石上的星空，是他生活工作过九年的青藏高原……那里也有与吉勒布特相通的词汇——

石头在这里
就是一本奥秘的书
无论是谁打开了首页
都会目睹过去和未来的真相
这书中的每一个词语都闪着光
雪山在其中显现……

吉狄马加以自己的诗歌语言打开一扇又一扇隐秘的门与窗，解读着阐释着那些属于少数人也属于人类精神生活的词根。当吉狄马加书写着拉姆措，书写着圣地雪山之歌，书写着嘉那嘛呢石上的星空，阐释着嘛呢石上眼泪的语言时，我听说这位彝人的现代毕摩又被寺院的喇嘛们和青藏高原上的藏族人视为他们的一位活佛。因为正是这位雪族十二子的后裔吉狄马加看到了“雪山：金黄色的火焰”，听懂了他们心中“祈愿的密码”，深切感知着嘛呢石堆上的“每一块石头都是一滴眼泪”；因为他们也深深懂得，吉狄马加的“我已是另一个我，我的灵魂和思想 / 已经成为这片高原的主人”；因为正是吉狄马加说出了他们心中的痛苦、希望与梦想，并同他们一起用彼此相通的隐秘词汇祈福。

此刻，苍山的冬天也下着雨，我想象着大凉山，想象着吉勒布特，读着吉狄马加，为什么他总是充满着活力与热情，难道他真的没有我此刻体味着的这些烦恼，这些虚无感，这些无意义？莫非因为他有一片土地，他拥有一座庇护性的群山，他有吉勒布特？在大凉山，我意识到，吉狄马加与许多诗人作家的不同之处：他拥有一片故土，作为永不枯竭的意义资源，作为庇护者和被庇护者，作为生命的诞生之地，作为生命回归并且最终能够将死亡转化为永恒之地。

也正因如此，吉狄马加的诗篇在批判的激情中也燃烧着赞美。是的，在这个喧嚣与躁动的世界上，即使只剩下一只没有失聪的左耳，他也能够听见《送魂经》的声音，即使他沉默着，也能够听见一千种诺苏人的谚语声如洪钟，因此，在我们中间，唯有他确有自信地说：

如果我死了

把我送回有着群山的故土

再把我交给火焰

就像我的祖先一样

在火焰之上：

天空不是虚无的存在

那里有勇士的铠甲，透明的宝剑

鸟儿的马鞍，母语的盐

重返大地的种子，比豹更多的天石

还能听见，风吹动

荞麦发出的簌簌的声音

振翅的太阳，穿过时间的阶梯

悬崖上的蜂巢，涌出神的甜蜜

谷粒的河流，星辰隐没于微小的核心

在火焰之上：

我的灵魂，将开始远行

对于我，只有在那里——

死亡才是崭新的开始，灰烬还会燃烧

在那永恒的黄昏弥漫的路上

我的影子，一刻也不会停留

正朝着先辈们走过的路

继续往前走，那条路是白色的

而我的名字，还没有等到光明全部涌入

就已经披上了黄金的颜色：闪着光！（《如果我死了……》）

即使吉狄马加发出过如此慨叹，“回乡的道路究竟有多长？”他依然叫人羡慕，因为无论如何，吉勒布特都如同一个童话，如同一个诺言。在群山之上，一个诗人的灵魂将在不朽的语言中开始远行，在还乡之后重新开始，朝着先辈走过的路。吉狄马加拥有吉勒布特，因此他拥有无数幸运与幸福的秘密，那是“母语的盐”，是“重返大地的种子”，是“谷粒的河流”，是“悬崖上的蜂巢，涌出神的甜蜜”。由此，诗人相信生命能够“穿过时间的阶梯”，相信“灰烬还会燃烧”，就像“星辰隐没于微小的核心”……如果死亡能够成为一种赞美诗，人必会拥有一个家园，这就是吉狄马加民族志诗学的精髓，它或许也是吉狄马加在诗歌中创造的一种现代神话。就像他在《朱塞培·翁加雷蒂的诗》中所说：“死亡就是真正的回忆。/复活埋葬的是所有白昼的黑暗。”在吉狄马加《自画像》与《身份》的异名书写之中，在故乡吉勒布特的易位书写中，吉狄马加的另一种隐秘的话语方式就是对死亡的易位书写。

我记得，在他那首献给塞泽尔的诗里，吉狄马加说："你的背影仍然在返乡的道路上前行。/ 你不会孤独。与你同行的是这个世界上成千上万的返乡人 / 和那些永远渴望故土的灵魂！"此刻，我也看见，对于吉狄马加的诗歌来说，吉勒布特不是尚未抵达的旅途的终点，而是一个遥远旅程的起点。吉勒布特……

第一辑　诗歌

或许我从未忘记过

——写给我的出生地和童年

我做过许多的梦

梦中看见过最多的情境

是我生长的小城昭觉

唉，那时候

我的童年无忧无虑

在群山的深处，我曾看见

季节神秘地变化

万物在大地和天空之间

悄然地转换着生命的形式

在那无尽的田野中

蜻蜓的翅膀白银般透明

当夜幕来临的时候

独自躺在无人的高地

没有语言，没有意念，更没有思想

只有呼吸和生命

在时间和宇宙间沉落

我似乎很早就意识到死亡

但对永恒和希望的赞颂

却让我的内心深处

充满了对生活的感激

谁能想象，我所经历的

少年时光是如此美好

或许我从未忘记过

一个人在星空下的承诺

作为一个民族的诗人和良心

我敢说：一切都从这里拉开了序幕！

致他们

不是因为有了草原

我们就不再需要高山

不是因为海洋的浩瀚

我们就摒弃戈壁中的甘泉

一只鸟的飞翔

让天空淡忘过寂寞

一匹马驹的降生

并不妨碍骆驼的存在

我曾经为一个印第安酋长而哭泣

那是因为他的死亡

让一部未完成的口述史诗

永远地凝固成了黑暗！

为此，我们热爱这个地球上的

每一个生命

就如同我们尊重

这个世界万物的差异

因为我始终相信

一滴晨露的晶莹和光辉

并不比一条大河的美丽逊色！

我曾经……

我曾经在祁连山下

看见过一群羊羔

它们的双腿

全部下跪着

在吮吸妈妈的乳房

它们的行为让我感动

尤其是从它们的眼睛里

我看到了感恩和善良

也许作为人来说

在这样的时候

我们会感到某种羞愧

也许我们从一个城市

到了另一个城市

我们已经记不清楚

所走过的道路

是笔直的更多，还是弯曲的占了上风

我们从哪里来?

我们又要到哪里去?

仿佛我们

都是流浪的旅人

其实我要说，在物欲的现实面前

我们已经在生活的阴影中

把许多最美好的东西遗忘

有时我们甚至还不如一只

在妈妈面前下跪的小羊!

水和生命的发现

原谅我，大自然的水

我生命之中的水

或许是因为我们为世俗的生活而忙碌

或许是因为我们关于河流的记忆早已干枯

水！原谅我，我已经有很长时间

在梦想和现实的交错中将你遗忘

我空洞的思想犹如一口无底的井

在那黑暗的深处，我等待了很久

水！水！我要感谢你，在此时此刻

我的生命又在你的召唤下奇迹般地惊醒

是因为水，人类才书写出了

那超越时空的历史和文明

同样也是因为水，我们这个蓝色的星球
才能把生命和水的礼赞
谦恭地奉献给了千千万万个生命
让我们就像敬畏生命一样敬畏一滴水吧
因为对人类而言，或者说对所有的生命而言
一滴水的命运或许就预言了这个世界的未来！

蒂亚瓦纳科[1]

风吹过大地

吹过诞生和死亡

风吹过大地

吹透了这大地上

所有生命的边疆

遗忘词根

遗忘记忆

遗忘驱逐

遗忘鲜血

这里似乎只相信遗忘

然而千百年

这里却有一个不争的事实

在深深的峡谷和山地中

一个、两个、成千上万个印第安人

在孤独地行走着

他们神情严肃

含着泪花，默默无语

我知道，他们要去的目的地

那是无数个高贵的灵魂

通向回忆和生命尊严的地方

我知道，当星星缀满天空

罪行被天幕隐去

我不敢肯定，在这样的时候

是不是太阳石的大门

又在子夜时分为祭献而开

蒂亚瓦纳科，印第安大地的肚脐

请允许我，在今天

为一个种族精神的回归而哭泣！

1 蒂亚瓦纳科：玻利维亚一处重要的印第安古文化遗迹。

面具
——致塞萨尔·巴列霍[2]

在沉默的背后

隐藏着巨大的痛苦

不会有回音

石头把时间定格在虚无中

祖先的血液

已经被空气穿透

有谁知道？在巴黎

一个下雨的傍晚

死去的那个人

是不是印第安人的儿子

那里注定没有祝福

只有悲伤、贫困和饥饿

仪式不再存在

独有亡灵在黄昏时的倾诉

把死亡变成了不朽

面具永远不是奇迹

而是它向我们传达的故事

最终让这个世界看清了

在安第斯山的深处

有一汪泪泉！

2 塞萨尔·巴列霍：二十世纪秘鲁最伟大的印第安现代主义诗人。

祖国
——致巴勃罗·聂鲁达[3]

我不知道

你在地球上走到了多远的地方

我只知道

你最终是死在了这里

在智利海岬上

你的死亡

就如同睡眠

而你真正的生命

却在死亡之上

让我们感谢上帝

你每天每时都能听见大海的声音！

3 巴勃罗·聂鲁达：智利当代著名诗人。

脸庞
——致米斯特拉尔[4]

这是谁的脸庞？

破碎后撒落在荒原

巨大的寂静笼罩我们

在那红色石岩的高处

生命的紫色最接近天空

有一阵风悄然而来

摇动着枯树的枝丫

那分明是一个自由的灵魂

传递着黎明即将分娩的消息

这里没有死亡

而死亡仅仅是另一种符号

4 米斯特拉尔：二十世纪智利伟大的女诗人，诺贝尔文学奖获得者。

当夜幕降临，你的永恒存在

再一次证明了一个真实

你就是这片苍茫大地的女王

真相
——致胡安·赫尔曼[5]

寻找墙的真实

翅膀飞向

极度的恐慌

在词语之外

意识始终爬行在噩梦的边缘

寻找射手的名字

以及子弹的距离

谎言被昼夜更替

无论你到哪儿歌唱

鸟的鸣叫

都会迎来无数个忧伤的黎明

5 胡安·赫尔曼：当代阿根廷著名诗人，塞万提斯奖获得者。

没有选择，当看见

死者的骨骼和发丝

你的眼睛虽然流露出悲愤

心却像一口无言的枯井

玫瑰祖母

献给智利巴塔哥尼亚地区卡尔斯卡尔族群中的最后一位印第安人，她活到98岁，被誉为“玫瑰祖母”。

你是风中

凋零的最后一朵玫瑰

你的离去

曾让这个世界在瞬间

进入全部的黑暗

你在时间的尽头回望死去的亲人

就像在那浩瀚的星空里

倾听母亲发自摇篮的歌声

悼念你，玫瑰祖母

我就如同悼念一棵老树

在这无限的宇宙空间

你多么像一粒沙漠中的尘埃

谁知道明天的风

会把它吹向哪里？

我们为一个生命的消失而伤心

那是因为这个生命的基因

已经从大地的子宫中永远地死去

尽管这样，在这个星球的极地

我们依然会想起

杀戮、迫害、流亡、苦难

这些人类最古老的名词

玫瑰祖母，你的死是人类的灾难

因为对于我们而言

从今以后我们再也找不到一位

名字叫卡尔斯卡尔的印第安人

再也找不到你的族群

通往生命之乡的那条小路

因为我曾梦想
——我的新年贺词

让我们期待明天的时候，

再看一眼渐渐远去的昨天吧；

因为我曾目睹间距——时间的面具，

怎样消失在宇宙无限的夜色之中。

而那些生命里最温暖的记忆，

却永远地埋葬在了昨天的某一个瞬间！

让我们在回望昨天的时候，

别忘了想象就要来临的明天吧；

因为我曾梦想——人类伟大的思想，

要比生命和死亡的永恒更为久长。

或许不要忧虑未来的日子是否充满了阴霾，

相信明天吧，因为所有的奇迹都可能出现！

嘉那嘛呢石[6]上的星空

是谁在召唤着我们？

石头，石头，石头

那神秘的气息都来自石头

它的光亮在黑暗的心房

它是六字箴言的羽衣

它用石头的形式

承载着另一种形式

每一块石头都在沉落

仿佛置身于时间的海洋

它的回忆如同智者的归宿

始终在生与死的边缘上滑行

它的倾诉在坚硬的根部

像无色的花朵

悄然盛开在不朽的殿堂

它是恒久的纪念之碑

它用无言告诉无言

它让所有的生命相信生命石头在这里

就是一本奥秘的书

无论是谁打开了首页

都会目睹过去和未来的真相

这书中的每一个词语都闪着光

雪山在其中显现

光明穿越引力，蓝色的雾霭

犹如一个缥缈的音阶

每一块石头都是一滴泪

6 嘉那嘛呢石：玉树以嘉那命名的嘛呢石堆，石头上均刻有藏族经文，其数量为藏区嘛呢石之最，据不完全统计，有二十五亿块嘛呢石。

在它晶莹的幻影里

苦难变得轻灵，悲伤没有回声

它是唯一的通道

它让死去的亲人，从容地踏上

一条伟大的旅程

它是英雄葬礼的真正序曲

在那神圣的超度之后

山峦清晰无比，牛羊犹如光明的使者

太阳的赞词凌驾于万物

树木已经透明，意识将被遗忘

此刻，只有那一缕缕白色的炊烟

为我们证实

这绝不是虚幻的家园

因为我们看见

大地没有死去，生命依然活着

黎明时初生婴儿的啼哭

是这片复活了的土地

献给万物最动人的诗篇

嘉那嘛呢石，我不了解

这个世界上还有没有比你更多的石头

因为我知道

你这里的每一块石头

都是一个不容置疑的个体生命

它们从诞生之日起

就已经镌刻着祈愿的密码

我真的不敢去想象

二十五亿块用生命创造的石头

在获得另一种生命形式的时候

这其中到底还隐含着什么？

嘉那嘛呢石，你既是真实的存在
又是虚幻的象征
我敢肯定，你并不是为了创造奇迹
才来到这个世界
因为只有对每一个个体生命的热爱
石头才会像泪水一样柔软
词语才能被微风千百次地吟诵
或许，从这个意义上而言
嘉那嘛呢石，你就是真正的奇迹
因为是那信仰的力量
才创造了这超越时间和空间的永恒

沿着一个方向，嘉那嘛呢石
这个方向从未改变，就像刚刚开始
这是时间的方向，这是轮回的方向

这是白色的方向，这是慈航的方向
这是原野的方向，这是天空的方向
因为我已经知道
只有从这里才能打开时间的入口

嘉那嘛呢石，在子夜时分
我看见天空降下的甘露
落在了那些新摆放的嘛呢石上
我知道，这几千块石头
代表着几千个刚刚离去的生命
嘉那嘛呢石，当我瞩望你的瞬间
你的夜空星群灿烂
庄严而神圣的寂静依偎着群山
远处的白塔正在升高
无声的河流闪动着白银的光辉

无限的空旷如同燃烧的凯旋
这时我发现我的双唇正离开我的身躯
那些神授的语言
已经破碎成无法描述的记忆
于是，我仿佛成为一个格萨尔传人
我的灵魂接纳了神秘的暗示

嘉那嘛呢石，请你塑造我
是你把全部的大海注入了我的心灵
在这样一个蓝色的夜晚
我就是一只遗忘了思想和自我的海螺
此时，我不是为吹奏而存在
我已是另一个我，我的灵魂和思想
已经成为这片高原的主人
嘉那嘛呢石，请倾听我对你的吟唱

虽然我不是一个合格的歌者

但我的双眼已经泪水盈眶！

一首诗的两种方式
——献给东方伟大的山脉昆仑山

雪山：金黄色的火焰（第一种方式）

在人迹罕至的可可西里

我曾有过这样的经历

那是夜色来临的秋天

一个人伫立在无边的旷野

有一座圣殿般的雪山

当我把它遥望，心中油然而生的

是对生命的敬意和感激

我并不感到寒冷，在那纯洁的山顶上

白雪燃烧成金色的火焰

而我的思想和欲望，正在变轻

虽然此刻，我已经无法看见

那遥远的星群，天空的幻象

是如何坠入黑暗的母腹

但我的身体和灵魂告诉我

同样在这个时辰，在这无限的宇宙空间

我正置身于这苍茫大地的中央

我知道，这是最后的选择

当我的舌尖传颂着神灵的赞词

远方的大海停止了蓝色的渴望

我们是真正的雪族十二子

刚刚从英雄的挽歌中复活

只有在这太阳永恒的领地

鸟的影子，生命的轮回

才能让我们的记忆变成永恒

在这样的夜晚，守望那山巅

传说闪耀着宁静的光辉

此时，我就像一个祭献者

泪流满面，尽管一无所有

因为我已经承诺我命运中的箴言

都将倾诉给黄昏的使者

我发现我的灵魂在寻找一个方向

穿过了山谷，穿过了透明的空气

穿过了原野，穿过了自由的王国

我看见它，像一只金色的神鹰

最终抵达了人类光明的入口！

圣殿般的雪山（第二种方式）

圣殿般的雪山

在可可西里的暮色上
燃烧着金色的火焰
我呼吸秋天无边的旷野
遥望星群以及天空的幻象
如何坠入黑暗的母腹

我的思想和欲望，正在变轻
我知道，这是最后的选择
当我的舌尖传颂着神灵的赞词
远方的大海停止了蓝色的渴望

我们是真正的雪族十二子
刚刚从英雄的挽歌中复活
只有在这太阳永恒的领地
鸟的影子，生命的轮回

才能让我们的记忆变成永恒

传说在山巅闪耀着宁静的光辉
此时，我就像一个祭献者
泪流满面，尽管一无所有
因为我已经承诺我命运中的箴言
都将倾诉给黄昏的使者

我发现我的灵魂在寻找一个方向
穿过了山谷，穿过了透明的空气
穿过了原野，穿过了自由的王国
我看见它，像一只金色的神鹰
最终抵达了人类光明的入口！

我把我的诗写在天空和大地之间

我把我的诗写在天空和大地之间，
那是因为，只有在这辽阔的天宇，
我才能书写这样的诗句。
其实，在这个奇迹诞生之前，时间的影子
也曾千百次地穿越我们。
我们是自然之子，是雪豹的兄弟，
是羚羊的化身，是尊贵的冠冕，
是那天幕上一颗永恒的祖母绿。
也许那是另一个我，像一个酋长，
青铜的额头上缀满着星星般的宝石。
我想写，当我重返大地的子宫，
我看见我的诗，如同黄金和白银的饰带，

虽然没有声音，却泪珠闪烁。

原谅我，巴颜喀拉[7]诸神，

今天我在黎明前就穿着盛装苏醒，

并不像往日那样参加你的仪式，而我的

歌唱却正在成为人类幸福的赞歌。

我把我的诗写在天空和大地之间，

那是因为，神鹰的记忆是唯一的高度。

当光明和黑暗在星球的海洋里转换方向，

亘古不变的太阳，又是谁加冕于你，

让你成为真正的无冕之王？万物的首领

就在这个梦想变成现实的底部，

无数的灵魂都曾将信仰的火草点燃，

劈开黑色的沟壑，渴望那一条条深沉的河流。

所有的生命都没有目的，我们一直在等待。

我们等待的石头依然是石头。

我们等待时间被时间证明后还是时间。

我们等待一个结束，

其实是另一个结束之前的开始。

我们的等待在杀死等待。

让词汇的意义相反，让缄默呐喊。

让刚刚诞生的生命，死于一千年前的今天。

我们的庆典，不是为了肉体孤独的那一部分，

我们是为那光明和温暖的使者已经来临，

他已经吹响了神圣的号角，像一只独角兽

站在那群山护卫的城郭上。

我把我的诗写在天空和大地之间，

那是因为，我的诞生就是诞生，

而我的死亡却不是死亡。

7 巴颜喀拉：即巴颜喀拉山，位于青藏高原的一座著名的山。

那是因为，我从遥远的未来返回，
我没有名字，我的名字就是这片高原的名字。
我把我的诗写在天空和大地之间，
我为红色的理想呼唤。我为红色的颜色
添加更多的红色。因为我早已热泪盈眶！
我知道，那是一群人类的英雄，
他们全部的壮举，并不为世人所知晓。
是他们打碎了一个远古的神话，而就在
这个神话的碎片还没有站起来的时候，
他们又创造了一个属于今天的神话。
我不能一一说出他们的名字，就如同我这个歌者
遗忘了自己的名字。
他们属于一个伟大的集体。他们高尚的灵魂，
已经嵌入了这片土地的身躯。
我相信，没有一句诗

能全部概括他们创造的伟业，

尽管如此，我还是要为他们

写出这篇赞美的颂词！

木兰

你不是传说

你是传说铸造的真实

你不是故事

你是故事虚构的不朽

回来吧，回到日夜思念你的故乡

回来吧，回到充满爱情的家园

当时间在记忆中燃烧

那遥远的沙场，像梦一样

落日的眼泪，闪着黄金的光

木兰，是不是在一个瞬间

或者说在那出征的全部岁月

你已经将自己彻底地遗忘?

木兰，一个永远传之后世的名字

一个死去了却还活着的女人

让我们感谢你

就如同感谢你所经历过的

所有苦难和命运

是你让我相信，如果必须

面对生命和死亡的抉择

女人的勇气绝不逊色于男人

木兰，在这千百次复活你的舞台上

如果没有你的出现

这个世界也会变得黯然失色！

羊驼

不知道为什么？

远远地看去

它的身影充满着人的神态

并不是今天它才站在这里

它曾无数次地穿过

时间和历史的隧道

尽管它的祖先，在反抗压迫凌辱时

所选择的死亡方式从未改变

只有无言的抗争

以及岩石般的沉默

难怪何塞·马蒂这样讲

羊驼自己倒地而死

常常是为了捍卫生命的尊严

我还记得，当我从安第斯山归来

有人问我印第安人的形象

我便会不假思索地说：

先生……是的……多么像……

你在秘鲁遇见过的羊驼！

时间的流程
——致罗贝托·阿利法诺

曾有过这样的经历

当看见火焰渐渐熄灭的时候

只有更浓重的黑暗

吞噬了意识深渊里的海水

我有一个小小的发现

时间只呈现在空白里

否则我们必须目睹

影子如何在变长，太阳的光线

被铸成金币，在这个世界上

尽管无数的人都已经死亡

但这块闪光的金属却还活着

其实这并不能证明一个事实

它就能永远地存活下去……

印第安人的古柯[8]

你已经被剥夺了一切

只剩下

口中咀嚼的古柯

我知道

你咀嚼它时

能看见祖先的模样

可以把心中的悲伤

倾述给复活的死亡

你还能在瞬间

把这个失去公正的世界

短暂地遗忘

然而，我知道

这一切对于你是多么地重要

虽然你已经一无所有

剩下的

就是口中的古柯

以及黑暗中的——希望！

8 古柯：生长在安第斯山区，含多种生物碱，被印第安人视作神圣植物，据说咀嚼时能产生通灵之感。

孔多尔神鹰[9]

在科尔卡峡谷的空中
飞翔似乎将灵魂变重
因为只有在这样的高度
才能看清大地的伤口
你从诞生就在时间之上
当空气被坚硬的翅膀划破
没有血滴，只有羽毛的虚无
把词语抛进深渊
你是光和太阳的使者
把颂词和祖先的呓语
送到每一位占卜者的齿间
或许这绵绵的群山

自古以来就是你神圣的领地

你见证过屠杀、阴谋和迫害

你是苦难中的记忆，那俯瞰

只能是一个种族的化身

至高无上的首领，印第安人的守护神

因为你的存在，在火焰和黑暗的深处

不幸多舛的命运才会在瞬间消失！

9 孔多尔神鹰：安第斯山脉中最著名的巨型神鹰，被印第安人所敬畏和崇尚。

康杜塔花[10]

在高高的安第斯山上
你为谁而盛开？
或许这是一个不解的谜
当一千种声音
把你从四面八方包围
孤独的枝叶，在夜色中
将伸向星光的欲望变轻
黎明时分，晨露晶莹剔透
太阳的光芒，刺穿沉寂
那一尘不染的天空
没有回音，你终于
在大地的头颅中睡去

没有丝毫的犹豫，特立独行

就像一场轰轰烈烈的爱情

在等待漫长的瞬间

我知道，康杜塔花

印第安王国美丽的公主

只有听见那动人的排箫

你才会露出圣洁的脸庞。

10康杜塔花：印加帝国国花，据说当她听见印第安人的排箫时才会开放。

火塘闪着微暗的火

我怀念诞生，也怀念死亡。

当一轮月亮升起在吉勒布特[11]高高的白杨树梢。

在群山之上，在黑暗之上，

那里皎洁的月光已将蓝色的天幕照亮。

那是记忆复活之前的土地，

我的白天和夜晚如最初的神话和传说。

在破晓的曙光中，毕阿史拉则[12]赞颂过的太阳，

像一个圣者用它的温暖，

唤醒了我的旷野和神灵，同样也唤醒了

我羊毛披毡下梦境正悄然离去的族人。

我怀念，我至死也怀念那样的夜晚，

火塘闪着微暗的火，亲人们昏昏欲睡，

讲述者还在不停地述说……我不知道谁能忘记！

我的怀念，是光明和黑暗的隐喻。

在河流消失的地方，时间的光芒始终照耀着过去，

当威武的马队从梦的边缘走过，

那闪动白银般光辉的马鞍终于消失在词语的深处。

此时我看见了他们，那些我们没有理由遗忘的先辈和智者，

其实他们已经成为这片土地自由和尊严的代名词。

我崇拜我的祖先，

那是因为他们曾经生活在一个英雄时代，

每一部口述史诗都传颂着他们的英名。

当然，我歌唱过幸福，那是因为我目睹

远走他乡的孩子又回到了母亲身旁。

是的，你也看见过我哭泣，那是因为我的羊群

已经失去了丰盈的草地，我不知道明天它们会去哪里。

11 吉勒布特：凉山彝族聚居区一地名，作者的故乡。

12 毕阿史拉则：彝族古代著名的祭司、天象师和文化传承人。

我怀念，那是因为我的忧伤，绝不仅仅是忧伤本身，

那是因为作为一个人，

我时常把逝去的一切美好怀念！

身份

——致穆罕默德·达尔维什[13]

有人失落过身份

而我没有

我的名字叫吉狄马加

我曾这样背诵过族谱

……吉狄吉姆吉日阿伙……

……瓦史各各木体牛牛……

因此，我确信

《勒俄特依》[14]是真实的

在这部史诗诞生之前的土地

神鹰的血滴，注定

13 穆罕默德·达尔维什（1941—2008）：当代最伟大的阿拉伯诗人，巴勒斯坦国歌词作者。

14《勒俄特依》：彝族历史上著名的创世史诗。

来自沉默的天空

而那一条，属于灵魂的路

同样能让我们，在记忆的黑暗中

寻找到回家的方向

难怪有人告诉我

在这个有人失落身份的世界上

我是幸运的，因为

我仍然知道

我的民族那来自血液的历史

我仍然会唱

我的祖先传唱至今的歌谣

当然，有时我也充满着惊恐

那是因为我的母语

正背离我的嘴唇

词根的葬礼如同一道火焰

是的，每当这样的时候

达尔维什，我亲爱的兄弟

我就会陷入一种从未有过的悲伤

我为失去家园的人们

祈求过公平和正义

这绝不仅仅是因为

他们失去了赖以生存的土地

还因为，那些失落了身份的漂泊者

他们为之守望的精神故乡

已经遭到了毁灭！

火焰与词语

我把词语掷入火焰

那是因为只有火焰

能让我的词语获得自由

而我也才能将我的全部一切

最终献给火焰

（当然包括肉体和灵魂）

我像我的祖先那样

重复着一个古老的仪式

是火焰照亮了所有的生命

同样是火焰

让我们看见了死去的亲人

当我把词语

掷入火焰的时候

我发现火塘边的所有族人

正凝视着永恒的黑暗

在它的周围，没有叹息

只有雪族十二子[15]的面具

穿着节日的盛装列队而过

他们的口语，如同沉默

那些格言和谚语滑落在地

却永远没有真实的回声

让我们惊奇的是，在那些影子中

真实已经死亡，而时间

却活在另一个神圣的地域

没有选择，只有在这样的夜晚

我才是我自己

我才是诗人吉狄马加

15 雪族十二子：彝族传说人类是由雪族十二子演化产生的。

我才是那个不为人知的通灵者

因为只有在这个时刻

我舌尖上的词语与火焰

才能最终抵达我们伟大种族母语的根部！

勿需让你原谅

不是我不喜欢
这高耸云端的摩天大楼
这是钢筋和水泥的奇迹
然而，不知道为什么？
我从未从它那里
体味过来自心灵深处的温暖

我曾惊叹过
航天飞机的速度
然而，它终究离我心脏的跳动
是如此遥远
有时，不是有时，而是肯定

它给我带来的喜悦
要永远逊色于这个星球上
任何一个慈母的微笑

其实，别误会
并不是我对今天的现实
失去了鲜活的信心
我只是希望，生命与这个世界
能相互地靠紧

想必我们都有过
这样的经历
在机器和静默的钢铁之间
当自我被囚禁
生命的呼吸似乎已经死去

当然，我也会承认

美好的愿望其实从未全部消失

什么时候能回到故乡？

再尝一尝苦荞和燕麦的清香

在燃烧的马鞍上，聆听

那白色的披毡和斗篷

发出星星坠落的声响

勿需让你原谅

这就是我对生活的看法

因为时常有这样的情景

会让我长时间地感动

一只小鸟在暴风雨后的黄昏

又衔来一根根树枝

忙着修补温暖的巢！

朱塞培·翁加雷蒂[16]的诗

被神箭击中的橄榄核，

把沙漠变成透明的水晶。

在贝都因人的帐篷里，

从天幕上摘取星星。

头颅是宇宙的一束光。

四周的雾霭在瞬间消遁。

从词语深入词语。

从光穿透着光。

远离故土牧人的叹息。

河流一样清澈的悲伤。

骆驼哭泣的回声。

金亚麻的燃烧，有太阳的颜色。

死亡就是真正的回忆。

复活埋葬的是所有白昼的黑暗。

没有名字湖泊的渍盐。

天空中鹰隼的眼睛。

辽阔疆土永恒的静默。

尼罗河睡眠时的梦境。

他通晓隐秘的道路。

排除一切语言密码的伪装。

他是最后的巫师，话语被磁铁吸引。

修辞被锻打成铁钉，

光线扭曲成看不见的影像。

最早的隐喻是大海出没的鲸。

16 朱塞培·翁加雷蒂（1888—1970）：意大利隐逸派诗歌重要代表人物，出生于埃及一个意大利侨民家庭，在非洲度过童年和少年。他的诗歌抒发同代人的灾难感，偏爱富于刺激的短诗，把意大利古典抒情诗同现代象征主义诗歌的手法融为一体，刻画人物丰富的内心世界，表达了人和文明面临巨大灾难而产生的忧患。

是时间深处急邃的倒影。

一张没有鱼的空网。

那是大地的骸骨。

一串珍珠般的眼泪。

我在这里等你

我曾经不知道你是谁

但我却莫名地把你等待

等你在高原

在一个虚空的地带

宗喀巴[17]也无法预测你到来的时间

就是求助占卜者

同样不能从火烧的羊骨上

发现你神秘的踪迹和影子

当你还没有到来的时候

你甚至远在遥遥的天边

可我却能分辨出你幽暗的气息

17 宗喀巴：藏传佛教格鲁派（黄教）的一代宗师，其佛学著作是藏传佛教中的经典，他的宗教思想对后世影响极为广泛。

虽然我看不见你的脸

那黄金的面具，黑暗的鱼类

远方大海隐隐的雷声

以及黎明时草原吹来的风

其实我在这里等你

在这个星球的十字路口上

已经有好长的时间了

我等你，没有别的目的

仅仅是一个灵魂

对另一个灵魂的渴望！

吉勒布特[18]的树

在原野上

是吉勒布特的树

树的影子

像一种碎片般的记忆

传递着

隐秘的词汇

没有回答

只有巫师的钥匙

像翅膀

穿越那神灵的

疆域

18 吉勒布特：诗人的故乡，在四川省凉山彝族自治州腹心地带。

树枝伸着

划破空气的寂静

每一片叶子

都凝视着宇宙的

沉思和透明的鸟儿

当风暴来临的时候

马匹的眼睛

可有纯粹的色调?

那些灰色的头发和土墙

已经在白昼中消失

树弯曲着

在夏天最后一个夜晚

幻想的巢穴，飘向

这个地球更远的地方

这是黑暗的海洋

没有声音的倾听

在吉勒布特无边的原野

只有树的虚幻的轮廓

成为一束：唯一的光！

你的气息

你的气息弥漫在空间
你的气息充塞着时间的躯体
把齿痕留在大海的陡岸
把闪电植入沙漠的峰顶
在这样的时候
真的不知道你是谁
然而，却能真切地感觉到
灵魂在急速地下陷
堕入一个蓝色地带
有时又会发现它在上升
就如同一个盲者的瞳孔
金色的光明正驶向未知的港湾

你的气息

是大地艾草的气息

它是我熟知的各种植物的颜色

它没有形体

也没有声音

每当它到来的时候

欲望开始复活，猛然苏醒

沉默的树发出渴望的声音

此时，还可以看见

远处群山的影子正在摇曳

那是永远起伏的波浪

那是大海的呻吟和燃烧

那是没有语言的呼唤

那是最原始的长调

那是鲸自由的弧线

那是贝壳从海底传来的呐喊

我知道，这永恒的飞翔和降落

像如光的箭矢

像火焰

像止不住的血

只有在那融化恐惧和死亡的海滩

才能在瞬间找到遗忘的自己

我不知道，这是谁的气息？

为什么不为它的光临命名？

我似乎曾经嗅到过这种气息

它是野性的风暴和记忆

黑暗中的一串绿松石

春天里的种子

原野里的麝香

是大地更深处的玫瑰

在凡是能孕育生命的母腹上

都能触摸到

潮湿而光滑的水

这是谁的气息？

它笼罩着我，它覆盖着我

在我还没有真正醒来的时候

我真的不知道它是谁

这个世界的旅行者
——献给托马斯·温茨洛瓦[19]

从维尔纽斯出发，从立陶宛开始，
你的祖国，在墙的阴影里哭泣，没有
行囊。针叶松的天空，将恐惧
投向视网膜的深处。当虚无把流亡的

路途隐约照亮。唯有幽暗的词语
开始苏醒。那是一个真实的国度，死亡的
距离被磨得粉碎。征服、恫吓、饥饿，
已变得脆弱和模糊，喃喃低语的头颅

如黑色的苍穹。山毛榉、栗树和灯芯草
并非远离了深渊，只有疼痛和哑默

能穿越死亡的边界。伸出手，打开过
无数的站门。望着陌生的广场，一个
旅行者。最好忘掉壁炉里嗞嗞作响的
火苗，屋子里温暖的灯盏，书桌上
热茶的味道。因为无从知晓，心跳
是否属于明天的曙光。在镜子的背后

或许是最后的诗篇，早已被命运
用母语写就。就像在童年，在家的门口。
一把钥匙。一张明信片。无论放逐有多么遥远，
你的眼睛里都闪烁着儿童才会有的天真。

19 托马斯·温茨洛瓦（Tomas Venclova，1937—）：立陶宛著名诗人、学者和翻译家。欧美评论界称他为“欧洲最伟大的在世诗人”之一。

墓地上
——献给戴珊卡·马克西莫维奇[20]

一棵巨大的

橡树，它的浓荫

覆盖着回忆

你平躺着

在青草和泥土的下面

当风从宇宙的

深处吹来

是谁在倾听？

通过每一片叶子

是谁在呼吸？

吹拂着黑暗的海洋

你的静默

又回到了源头，如同

水晶的雪

你思想的根须，悄然爬上了

这棵橡树的肩头

或许还要更高……

20 戴珊卡·马克西莫维奇（1898—1993）：塞尔维亚女诗人。她的诗歌有浓厚的浪漫主义情怀，善于以细腻的笔法描绘内心精致的战栗。主要诗集有《芬芳的大地》《梦的俘虏》等。

沉默
——献给切斯瓦夫·米沃什[21]

为了见证而活着，

这并非活着的全部理由。

然而，当最后的审判还未到来，

你不能够轻易地死去。

在镜子变了形的那个悲伤的世纪，

孤独的面具和谎言，

隐匿在黑暗的背后，同时

躲藏在光的阴影里。你啜饮苦难和不幸。

选择放逐，道路比想象遥远。

当人们以为故乡的土墙，

已成为古老的废墟。但你从未轻言放弃。

是命运又让奇迹发生在
清晨的时光，你的呼喊没有死亡。
在银色的鳞羽深处，唯有词语
正经历地狱的火焰，
那是波兰语言的光辉，它会让你
在黎明时看到粗糙的群山，并让灵魂
能像亚当·密茨凯维奇那样，
伫立在阿喀曼草原的寂静中，依然听见
那来自立陶宛的声音。请相信母语的力量。
或许这就是你永恒的另一个祖国，
任何流放和判决都无法把它战胜。
感谢你全部诗歌的朴素和坚实，以及
蒙受苦难后久久的沉默。在人类

21 切斯瓦夫·米沃什（1911—2004）：生于立陶宛，波兰著名诗人，1980 年获诺贝尔文学奖，主要作品有《冬日之钟》《被禁锢的心灵》《波兰文学史》等，体裁涉及诗歌、散文、小说、政论等多种。

理性照样存活的今天，是你教会了我们明白，

真理和正义为何不会终结。

你不是一个偶然，但你的来临

却让生命的耻辱和绝望，跨过了

——最后的门槛。

诗歌的起源

诗歌本身没有起源，像一阵雾。
它没有颜色，因为它比颜色更深。
它是语言的失重，那儿影子的楼梯，
并不通向笔直的拱顶。
它是静悄悄的时钟，并不记录
生与死的区别，它永远站在
对立或统一的另一边，它不喜欢
在逻辑的家园里散步，因为
那里拒绝蜜蜂的嗡鸣，牧人的号角。
诗歌是无意识的窗纸上，一缕羽毛般的烟。
它不是鸟的身体的本身，
而是灰暗的飞翔的记忆。

它有起航的目标，但没有固定的港口。
它是词语的另一种历险和坠落。
最为美妙的是，就是到了行程的中途，
它也无法描述，海湾到达处的那边。
诗歌是星星和露珠，微风和曙光，
在某个灵魂里反射的颤动与光辉，
是永恒的消亡，持续的瞬间的可能性。
是并非存在的存在。
是虚无中闪现的涟漪。
诗歌是灰烬里微暗的火，透光的穹顶。
诗歌一直在寻找属于它的人，伴随生与死的轮回。
诗歌是静默的开始，是对一加一等于二的否定。
诗歌不承诺面具，它呈现的只是面具背后的叹息。
诗歌是献给宇宙的三或者更多。
是蟋蟀撕碎的秋天，是斑鸠的羽毛上洒落的

黄金的雨滴。是花朵和恋人的呓语。

是我们所丧失、所遗忘的一切人类语言的空白。

诗歌，睁大着眼睛，站在

广场的中心，注视着一个个行人。

它永远在等待和选择，谁更合适？

据说，被它不幸或者万幸选中的那个家伙：

——就是诗人！

那是我们的父辈
——献给诗人艾梅·塞泽尔[22]

昨晚我想到了艾梅·塞泽尔，想到了一个令人尊敬的人。

昨晚我想到了所有返乡的人，

他们忧伤的目光充满期待。

艾梅·塞泽尔，我真的不知道，

这条回乡的道路究竟有多长？

但是我却知道，我们必须回去，

无论路途是多么遥远！

艾梅·塞泽尔，我已经在你黑色的意识里看见了，

你对于这个世界的悲悯之情。

因为凡是亲近过你的灵魂，看见过你泪眼的生命个体，

无论他们是黑种人、白种人还是黄种人，

都会相信你全部的诗歌，就是一个种族离去和归来的记忆。

艾梅·塞泽尔，非洲的饥饿直到今天还张着绝望的嘴。

我曾经相信过上帝的公平，然而在这个星球上，

还生活着许许多多不幸的人们，

公平和正义从未降临在他们头上。

艾梅·塞泽尔，因为你，我想到了我们彝人的先辈和故土，

想到了一望无际的群山和一条条深沉的河流。

还有那些瓦板屋。成群的牛羊。睁大眼睛的儿童。

原谅我，到如今我才知道，在逝去的先辈面前，

我们的生存智慧已经退化，我们的梦想

早已消失在所谓文明的天空。

毕阿史拉则[23]的语言在陌生钢铁和水泥的季节里临界死亡。

22 艾梅·塞泽尔（1913—2008）：具有世界影响的马提尼克黑人诗人和人道主义者，是他首先提出了“黑人性”，并一生高举黑人自尊自爱自强的旗帜。他也是马提尼克文学的创始者，他的《返乡笔记》是马提尼克和非洲黑人文学的基石。

23 毕阿史拉则：彝族历史上著名的祭司和文化传承人。

而我们离出发的地点已经越来越远。

是的，艾梅·塞泽尔，我为我的父辈而骄傲。

因为他们还在童年的时候，就能熟背古老的

格言和劝解部族纷争的谚语。

他们的眼睛像鹰一样犀利，

他们自信的目光却像湖泊一样平静。

他们的女人是最矜持的女人，每一圈朵啰荷舞[24]的身姿，

都能让大地滚动着白银的光辉。

那是我们的父辈：喜欢锃亮的快枪，

珍爱达里阿宗[25]那样的骏马，相信神圣的传统，

坚信祖先的力量，

那无与伦比讲述故事的能力，

来自于部族千百年仪式的召唤。

他们热爱生命，更重要的是，他们不怕死亡。

是的，艾梅·塞泽尔，我的父辈从未失去过对身份和价值的认同。

他们同样为自己的祖先充满自豪。

因为在他们口诵的家谱上，

已经记载着无数智者和德古[26]的名字。

他们赤着脚。像豹子一样敏捷。具备羚羊的速度。

在征战的时候，他们跳跃于茫茫的群山和峡谷。

那麂子般的触觉，能穿透黎明前的雾霭。

他们是鹰和虎豹的儿子。

站在那高高的山顶，他们头上的英雄结[27]，

就是一束燃烧的火焰。

是盐和看不见的山峰塑造了矫健的形体。

他们从诞生之日起，

就把自由和尊严埋进了自己的骨骼。

24 朵啰荷舞：彝族一种古老的原始舞蹈。

25 达里阿宗：彝族历史上一匹名马的名字。

26 德古：指彝族部族中德高望重的人。

27 英雄结：彝族男人的一种头饰。

他们是彝人在自己独有的

创造史诗的时代之后，

留存下来的、最后的、伟大的自然之子和英雄的化身。

艾梅·塞泽尔，你没有死去，

你的背影仍然在返乡的道路上前行。

你不会孤独。与你同行的是这个世界上成千上万的返乡

人和那些永远渴望故土的灵魂！

雪豹

失踪在雪域的空白里，
或许是影子消遁在大地的子宫，
梦的奔跑、急速、跳跃……
没有声音的跨度，那力量的身姿，
如同白天的光，永恒的弧形。

没有呜咽的银子，独行
在黎明的触角之间，只守望
祖先的领地和疆域，
远离铁的锈迹，童年时的记忆往返，
能目睹父亲的腰刀，
插进岩石的生命，聆听死亡的静默。

高贵的血统，冠冕被星群点燃，
等待浓雾散去，复活的号手，
每一个早晨，都是黄金的巫师，
吹动遗忘的颂词。从此
不会背离，法器握在时间之中，
是在谁的抽屉里？在闪电尖叫后，
签下了这一张今生和来世的契约。

光明的使臣，赞美诗的主角，
不知道一个诗人的名字，在哪个时刻，
穿过了灵魂的盾牌，尽管
意义已经捣碎成叶子。痛苦不堪一击。
无与伦比的王者，前额垂直着，
一串串闪光的宝石。谁能告诉我，
在哪一个瞬间，我已经属于不朽？

分裂的自我

我注定要置于分裂的状态

因为在我还没有选择的时候

在我的躯体里——诞生和死亡

就已经开始了殊死的肉搏

当我那黑色的意识

即将沉落的片刻

它的深渊却在升高

箭矢穿透的方向

既不朝向天堂！

更不面向地狱！

我的一部分脸颊呈现太阳的颜色

苦荞麦的渴望——

在那里自由地疯长

而我的另一部分脸颊

却被黑暗吞噬

消失在陌生城市的高楼之中

我的左耳能听见

一千年前送魂的声音

因为事实证明——

它能承受时间的暴力

它能用无形的双手

最快地握住——

那看不见的传统和血脉

它能把遗忘的词根

从那冰冷的灰烬中复活

然而，我的右耳却什么也听不见

是钢铁的声音已经将它杀死！

我的两只眼睛

一只充满泪水的时候

另一只干渴如同沙漠

那是我的眼睛

一只隐藏着永恒的——光明！

一只喷射出瞬间的——黑暗！

我的嘴唇是地球的两极

当我开口的时刻

世界只有死亡般的寂静

当我沉默寡言——

却有一千句谚语声如洪钟！

我曾拥有一种传承

而另一种方式却在我的背后

悄悄地让它消失

我永远在——差异和冲突中舞蹈

我是另一个吉狄马加

我是一个人

或者说——是另一只

不知名的——泪水汪汪的动物！

穿过时间的河流
——写给雕塑家张得蒂

那是我！

那是在某个时间的驿站没有离开的我

那是我的青春——犹如一只鸟儿

好长时间，我不知道它的去向

今天它又奇迹般地出现

那是我的眼睛——一片干净的天空！

那是我的目光——充满着幻想！

那是我的卷发——自由的波浪！

那是我的额头——多么年轻而又自信！

那是我的嘴唇——

亲吻过一个民族的群山和土地

也曾把美妙的诗句

在少女的耳旁低语

那是我羊毛编织的披毡——

父亲说：是雄鹰的翅膀！

那是我胸前的英雄绶带——

母亲说：预言了你的明天和未来！

那是我！那一定是我！

是你用一双神奇的手，穿过时间的河流

紧紧地——紧紧地——

抓住了十八岁的——我！

影子

我曾写下过这样的诗句

凡是人——

我们出生的时候

只有一种方式

无一例外，我们

都来自母亲的子宫

这或许——

就是命运用左手

在打开诞生

这扇前门的时候

它同时用右手

又把死亡的钥匙

递到了我们的手上

我常常这样想——

人类死去的方式

为什么千奇百怪？

完全超出了

大家的想象

巫师说：所有的影子都不相同

说完他就咬住了烧红的铧口！

这一天总会来临

有一天，

这一天总会来临，

我的灵魂会代表过去的日子，

向我的肉体致敬！

你看，从我诞生的那天开始，

肉体和灵魂就厮守在一起。

是灵魂这个寄居者，

找到了一间自己的屋子，

肉体更像永恒的面具，

也可以说它是另一张皮囊，

从最初衔来的嫩枝，

一直变成风烛残年的老巢。

你问，为什么我的一生充满幻想?
那是因为，灵魂和肉体，
长久地把我——当然
还有我的全部思想，
置放于爱和死亡的炉火上煎熬。

灵魂飞跑的时候，
肉体的血液也在奔腾；
有时灵魂与恐惧不期而遇，
肉体屏住了呼吸，
那骤然的紧张，
超过了触电的战栗。
只有在偶尔的夜晚，

灵魂才暂时离开了它的花园，
梦游在洒满星光的原野。

当生命遭到生活中不幸的打击，
也许心被撕裂，
让我惊慌的却是——
哭泣者瞪大的眼睛。
只有无知者才会问我：
在肉体流出鲜血的时刻，
灵魂又偏偏被尖刀刺穿，
这两者的伤痛谁为更甚？

不过有一个秘密，
我会悄悄地告诉你：
如果肉体的欢娱，

没有灵魂与灵魂的如胶似漆，

这个世界的爱情都会死去！

塞萨尔·巴列霍[28]的墓地

黑石头叠在白石头上
在写这句诗时，你注定会把自己的骸骨
放错地方，那是在巴黎，秋天的风吹过
你的影子和孪生的心——
远远地在墙角站立，那饥饿的肉体
它已经在星期四的下午死去……

塞萨尔·巴列霍死了——
时间就在 1938 年 10 月 14 日这一天
他们把你埋在了巴黎——其实你还活着！
有人在另一个街区看见过你

28 塞萨尔·巴列霍（1892—1938）：秘鲁现代最重要的诗人，也是拉美现代诗最伟大的先驱之一。

行色匆匆，衣衫褴褛又肮脏
逐门挨户——你伸出手——不是为自己
有人拿走了穷人唯一的一块面包

你为不幸的人们呐喊，而上帝
却和你玩最古老的骰子游戏
谁能说——命运的赌徒——只饮苦难的黑杯
你曾告诉世界的孩子们
假设——担心——西班牙从天上掉下来
然而却始终没有一双手
在你掉落深渊的一刹那——用大盘托住！

塞萨尔·巴列霍——
在圣地亚哥·德·丘科的故乡
我知道——你看见我了——伫立在你的墓地上

你的家人都在这里沉睡，午后的阳光
正跟随杂草的阴影留下一片虚空……
其实不用怀疑，你的遗骸虽然不在这里
可我能真实地感觉到——你的灵魂在哭泣！

写给母亲

你怎能抗拒那岁月的波涛

一次次将堤岸——锤打！

怎能抗拒你的眼睛——我的琥珀玛瑙

失去了少女时的光泽

怎能阻止时间的杀手，潜入光滑的肌肤

无法脱逃，这魔法般的力量

修长的身材，不等跨下新娘的马鞍

黑色的辫子，犹如转瞬即逝的闪电

已变成稀疏的青丝

低垂下疲倦的头，当下的事物已经模糊

童年的影子——陷入遥远的别离

青春的老屋——只从梦境里显现

闪光的银饰啊——彝人的女王

那百褶裙的波浪让忌妒黯然失色

你目睹了人世间的悲欢和离合

向这一切告别——还没让你真的回望

所有的同代的姊妹啊——

都已先后长眠在火葬地的灵床

是的，谁能安慰你——索取那逝去的日历！

是的，谁能给予你——那无法给予的慰藉！

追问

从冷兵器时代——直到今天
人类对杀戮的方法
不断翻新——这除了人性的缺陷和伪善
还能找出什么更恰当的理由？

我从更低的地方
注视着我故乡的荞麦地
当微风吹过的时候
我看见——荞麦尖上的水珠儿闪闪发光
犹如一颗颗晶莹的眼泪！

不死的缪斯

——写给阿赫玛托娃[29]

我把你的头像刻在——一块木头上

你这俄罗斯的良心！

有人只看见了——

你的优雅、高贵和那来自骨髓深处的美丽

谁知道你也曾一次次穿过地狱！

那些诅咒过你的人——

不用怀疑——他们的尸骨连同流言蜚语

早已腐烂在时间的尘土

那是你！——寒风吹乱了一头秀发

你排着队，缓缓地行进在探监者的队伍

为了看一眼儿子，送去慈母的抚慰

29 阿赫玛托娃（1889—1966）：二十世纪俄罗斯最伟大的诗人之一，同时被公认为世界最伟大的诗人之一。

你的肩头披着蔚蓝色的披肩

一双眼睛如同圣母的眼睛——

它平静如初，就像无底的深潭

那是你！——炉火早已熄灭，双手已经冻僵

屋外的暴风雪吼叫着，开始拍打命运的窗棂

尽管它也无法预知——

明天迎接你的是生还是死

你不为所动，还在写诗，由于兴奋和战栗

脸上泛起了少女时候才会有的红晕……

致玛丽娜·茨维塔耶娃[30]

你曾说一百年后

人们将会多么地爱你

你也曾写下过——

那泪水一般晶莹的诗歌！

有谁看见你两片嘴唇翕动?

有谁听见你的哀号和叹息?

如果真的是这样——

在你的身旁，在那个瞬间

我们将会经受怎样的窒息?

谁说要一百年后的那一天

30 玛丽娜·茨维塔耶娃（1892—1941）：二十世纪俄罗斯最伟大的诗人、散文家之一，同时被公认为世界最伟大的诗人之一。

才会有人去把你找寻

谁说要整整一百年的光景

一个灵魂与另一个灵魂

才能在那个时辰相遇

我不相信！因为在俄罗斯

在你生活过的寓所

我亲眼所见——一个小小的十字架

被你挂在了窗子的上方

这或许就是宿命——早已注定

你这俄罗斯大地上真正的祭师

——将像上帝那样

背负着自己的十字架——紧咬着嘴唇！

茨维塔耶娃——诗歌女王！

毋需再为你加冕

你的诗歌和名字一样沉重

你选择诗歌——

就如同选择养育你的语言

你完全有理由再次离去

（就是离去，你也将永远生活在

贫穷、拮据和无望的苦恋之中）

然而你却——

至死没有离开自己的祖国！

茨维塔耶娃，今天有无数苍白的诗人

在跟着你的诗句写诗

其实他们永远不会知道

他们偷走的只是几个简单的词句

因为他们不具备有一颗

苦难、悲悯、狂乱和鲜血铸成的心！

茨维塔耶娃，我的姐姐——

无人知晓你真实的墓地

我只能仰望那辽阔无边的苍穹

用全部的心灵向你致意!

是你让我明白了——

如何写下肝肠寸断的诗句!

圣地和乐土

在那里。在那青海湖的东边，

风一遍遍，吹过了

被四季装点的节日。

尽管我找不到鸟儿飞行的方向，

但我却能从不同的地方，

远远地眺望到

那些星罗棋布的庄廓。

并且我还能看见，两只雪白的鸽子，

如同一对情侣般的天使，

一次又一次消失在时间的深处！

在那里——天空是最初的创造，

布满了彩陶云霓一样的纹路，

以及踩高跷人的影子，这样的庆典，
已经成为千年的仪式！
谁是这里的主人？野牦牛喉管里
喷射的鲜血，见证了公正无私的太阳，
是如何照亮了这片土地？
在那里。星月升起的时间已经很久，
传说净化成透明的物体。
这是人类在高处选择的
圣地和乐土。在这里——
河流的光影上涌动着不朽者
轮回的名字。这里不是宿命的开始，
而是一曲光明和诞生的颂歌。
无数的部族居住在这里，
把生和死雕刻成了神话。
在那里。在高原与高原的过渡地带，

为了生命的延续，颂词穿越了
虚无的城池，最终抵达了
生殖力最强的流域。在那里——
小麦的清香从远处传来，温暖的
灶坑里烘烤着金黄的土豆。
在那里——花儿与少年，从生唱到死，
从死唱到生，它是这个世界
最为动人心魄的声音！
不知有多少爱情故事，
在他（她）们的对唱中，潜入了
万物的灵魂和骨髓。在那里——
或许也曾有过小小的纷争，
但对于千百年来的和睦共处，
它们又是多么地微乎其微。
是伟大的传统和历史的恩赐，给予了

这里的人民无穷无尽的生存智慧！

在那里——在那青海湖的东边，

在那一片高原谷地，或许这一切，

总有一天都会成为一种记忆。

但是这一切，又绝不仅仅是这些。

因为在这个星球上，直到今天

人类间的杀戮并没有消失和停止。

在那里——在那青海湖的东边！

人类啊！这是比黄金更宝贵的启示，

它让我们明白了一个真理——

那就是永久的和平和安宁，只能来自

包容、平等、共生、互助和对生命的尊重！

而不会再有其他！

我们的父亲
——献给纳尔逊·曼德拉

我仰着头——想念他！

只能长久地望着无尽的夜空

我为那永恒的黑色再没有回声

而感到隐隐的不安，风已经停止了吹拂

只有大海的呼吸，在远方的云层中

闪烁着悲戚的光芒

是在一个片刻，还是在某一个瞬间

在我们不经意的时候

他已经站在通往天堂的路口

似乎刚刚转过身，在向我们招手

脸上露出微笑，这是属于他的微笑

他的身影开始渐渐地远去

其实，我们每一个人都知道

他要去的那个地方，就是灵魂的安息之地

那个叫库努的村落，正准备迎接他的回归

纳尔逊·曼德拉——我们的父亲

当他最初离开这里的时候，在那金色的阳光下

一个黑色的孩子，开始了漫长的奔跑

那个孩子不是别人——那是他昨天的影子

一双明亮的眼睛，注视着无法预知的未来

那是他童年的时光被记忆分割成的碎片

他的双脚赤裸着，天空中的太阳

在他的头顶最终成为一道光束

只有宇宙中坠落的星星，才会停留在

黑色部族歌谣的最高潮

只有那永不衰竭的舞蹈的节奏

能够遗忘白色，找到消失的自信
为了祖先的祭品，被千百次地赞颂
所有的渴望，只有在被夜色
全部覆盖的时候，才会穿越生和死
从这里出发，就是一种宿命
他将从此把自己的生命——与数以千万计的
黑色大众的生命联系在一起
他将不再为自己而活着，并时刻准备着
为一个种族的解放而献身
从这里出发，只能做如下的选择
选择死——因为生早已成为偶然
选择别离——因为相聚已成为过去
选择流亡——因为追逐才刚刚开始
选择高墙——因为梦中才会出现飞鸟
选择呐喊——因为沉默在街头被警察杀死

选择镣铐——因为这样更多的手臂才能自由

选择囚禁——因为能让无数的人享受新鲜的空气

为了这样一个选择，他只能义无反顾

因为他的选择，用去的时间——

不会是一天，也不会是一年，而将是漫长的岁月

就是他本人也根本不会知道

他梦想的这一天何时将会真的到来

谁会知道？一个酋长的儿子

将从这里选择一条道路，从那一天开始

就是这样一个人，已经注定改变了二十世纪的历史

是的，从这里出发，尽管这条路上

陪伴他的将是监禁、酷刑、迫害以及随时的死亡

但是他从未放弃，当他从那——

牢狱的窗户外听见大海的涛声

他曾为人类为追求自由和平等的梦想而哭泣

谁会知道？一个有着羊毛一样卷发的黑孩子
曾经从这里出发，然而他始终只有一个目标
那就是带领大家，去打开那一扇——
名字叫自由的沉重的大门！
为了这个目标，他九死一生从未改变
谁会知道？就是这个黑色民族的骄子
不，他当然绝不仅仅属于一个种族
是他让我们明白了一个真理，那就是爱和宽恕
能将一切仇恨的坚冰融化
而这一切，只有他，因为他曾经被另一个
自认为优越的种族国家长时间地监禁
而他的民族更是被奴役和被压迫的奴隶
只有他，才有这样的资格——
用平静而温暖的语言告诉人类
——“忘记仇恨”！

我仰着头——泪水已经模糊了双眼

我长时间注视的方向，在地球的另一边

我知道——我们的父亲——他就要入土了

他将被永远地安葬在那个名字叫库努的村落

我相信，因为他——从此以后

人们会从这个地球的四面八方来到这里

而这个村落也将会因此成为人类良心的圣地！

无题

——致诺尔德[31]

我们都拥有过童年的时光
那时候，你的梦曾被巍峨的雪山滋养
同样是在幻想的年龄，宽广的草原
从一开始就教会了你善良和谦恭
当然更是先辈们的传授，你才找到了
打开智慧之门的钥匙
常常有这样的经历，一个人呆望着天空
而心灵却充盈着无限的自由
诺尔德，但今天当我们回忆起
慈母摇篮边充满着爱意的歌谣
生命就如同那燃烧的灯盏，转瞬即逝

31 诺尔德：藏族诗人，文化学者。

有时候它更像太阳下的影子，不等落日来临

就已经消失得无影无踪

亲爱的朋友，我们都是文字的信徒

请相信人生不过是一场短暂的戏剧

唯有精神和信仰创造的世界

才能让我们的生命获得不朽的价值！

雪的反光和天堂的颜色

1

这是门的孕育过程

是古老的时间，被水净洗的痕迹

这是门——这是门！

然而永远看不见

那隐藏在背后的金属的叹息

这是被火焰铸造的面具

它在太阳的照耀下

弥漫着金黄的倦意

这是门——这是门！

它的质感就如同黄色的土地

假如谁伸手去抚摸

在这高原永恒的寂静中

没有啜泣，只有长久地沉默……

2

那是神鹰的眼睛

不，或许只有上帝

才能从高处看见，这金色的原野上

无数的生命被抽象后

所形成的斑斓的符号

遥远的迁徙已经停止

牛犊在倾听小草的歌唱

一只蚂蚁缓慢地移动

牵引着一丝来自天宇的光

3

蓝色，蓝色，还是蓝色

在这无名的乡间

这是被反复覆盖的颜色

这是蓝色的血液，没有限制的流淌

最终凝固成的生命意志

这是纯粹的蓝宝石，被冰冷的燃烧熔化

这是蓝色的睡眠——

在深不可测的潜意识里

看见的最真实的风暴！

4

风吹拂着——

在这苍秋的高空

无疑这风是从遥远的地方吹来的

只有在风吹拂着的时候

而时间正悄然滑过这样的季节

当大雁从村庄的头顶上飞过

留下一段不尽的哀鸣

此时或许才会有人亲眼看见

在那经幡的一面——生命开始诞生

而在另一面——死亡的影子已经降临！

5

你的雪山之巅

仅仅是一个象征，它并非现实的存在

因为现实中的雪山，它的冰川

已经开始不可逆转地消失

谁能忍心为雪山致一篇悼词？

为何很少听见人类的忏悔？

雪山之巅，反射出幽暗的光芒

它永远在记忆和梦的边缘浮现

但愿你的创造是永恒的

因为你用一支抽象的画笔

揭示并记录了一个悲伤的故事！

6

那是疯狂的芍药

跳荡在大地生殖力最强的部位

那是云彩的倒影，把水的词语

抒写在紫色的疆域

穿越沙漠的城市，等待河流的消息

没有选择，闪光的秋叶

摇动着羚羊奔跑的箭矢

疾风中的牦牛，冰川时期的化石

只有紧紧地握住手中的法器

占卜的神枝才会敲响预言的皮鼓

7

你告诉我高原的夜空
假如长时间地去注视
就会发现，肉体和思想开始分离
所有的群山、树木、岩石都白银般剔透
高空的颜色，变幻莫测，隐含着暗示
有时会听见一阵遥远的雷声
我们都不知道什么是最后的审判
但是，当我们仰望着这样的夜空
我们会相信——
创造这个世界的力量确实存在
而最后的审判已经开始……

8

谁看见过天堂的颜色?

这就是我看见的天堂的颜色，你肯定地说!

首先我相信天堂是会有颜色的

而这种颜色一定是温暖的

我相信这种颜色曾被人在生命中感受过

我还相信这种颜色曾被我们呼吸

毫无疑问，它是我们灵魂中的另一个部分

因为你，我开始想象天堂的颜色

就如同一个善于幻想的孩子

我常常闭着眼睛，充满着感激和幸福

泪水有时也会不知不觉地夺眶而出……

致祖国

我的祖国

是东方的一棵巨人树

那黄色的土地上，永不停息地

流淌着的是一条条金色的河流

我的祖国

那纯粹的蓝色

是天空和海洋的颜色

那是一只鸟，双翅上

闪动着黄金的雨滴

正在穿越黎明的拂晓

我的祖国，在神话中成长

那青铜的树叶
发出过千百次动人的声响
我的祖国，从来
就不属于一个民族
因为她有五十六个儿女
而我的民族，那五十六分之一
却永远属于我的祖国

我的祖国的历史
不应该被随意割断
无论她承载的是
光辉的年轮，还是屈辱的生活
因为我的祖国的历史
是一本完整的历史
当我们赞颂唐朝的时候

又怎能遗忘元朝开辟过的疆域
当我们梦回宋词的国度
在那里寻找文字的力量
又怎能真的去轻视
大清开创的伟业，不凡的气度
我说我的祖国的历史，是一部
完整的历史，那是因为我把这一切
都看成我的祖国
血肉之躯不可分割的部分

我的祖国，我想对你说
当有一天你需要并选择我们
你的选择，一定不是简单的
由于地域的因素，不同的背景
不仅仅是因为我们来自哪一个民族

同样也不要因为我们的族别

而让我们，失去了真正平等竞争的机会

我的祖国，我希望我们对你的

一万个忠诚，最终换来的

是你对我们的百分之百的信任

我的祖国

那优美的合唱，已经被证明

是五十六个民族语言的总和

离开其中任何一位歌手的参与

那壮丽的和声都不完美

就如同我的民族的声音

或许它来自遥远的边缘

但是它的存在

却永远不可或缺

就如同我们彝人古老的文字
它所记载的全部所有的一切
毫无疑问，都已成为
你那一部辉煌巨著中的
足以让人自豪的不朽的篇章

我的祖国，请原谅
我的大胆和诗人才会有的真实
我希望你看中我们的是，而只能是
作为一个人所具有的高尚品质
卓越的能力，真正摒弃了自私和狭隘
以及那无与伦比的，蕴含在
个体生命之中的，最为宝贵的
能为这个国家和大众服务的牺牲精神
我的祖国，我希望并热忱地期待着

你看中我们的是，当然也只能是

我们对你的忠诚，就像

血管里的每一滴鲜血

都来自正在跳动的心脏

而永远不会是其他！

尼沙

尼沙，是一个人的名字？

或者说仅仅是一个词

没有任何实际的意义

要不就是一个真实的存在

是这个地球七十亿人口中的一分子

不知道，是不是更早的时候

你们曾漫步街头

你们曾穿越雨季

要不直到如今，你还怅然若失

还能回想起那似乎永远

遗失了的碎片般的踪迹

或许这一切仅仅是个假设

尼沙，注定将擦肩而过

当一列火车疾驰穿过站台

送行者的眼睛已被泪水迷蒙

再也听不到汽笛的鸣叫

这片刻更像置身于虚幻的场景

当然，这可能也是一个幻觉

尼沙，或许从未存在过

无论是作为一个人，还是

作为语言中一个不存在的词

它只是想象中的一种记忆

永远无法判定有多少真实的成分

因为隔着时空能听到的

只是久远的模糊的声音

我不知道，你是否真的

开始过无望的漫长的寻找

如果不是命运真的会再给你一次机会

可以肯定，你敲开的每一扇门

它只会通向永恒的虚无，在那里
有的只是消失在时间深处的影子
你不会找到半点你需要的东西
尼沙，是一个真实的存在还是幻想
我想，勿需再去寻找更多的证据
因为从那双动人的眼睛里，是你
看见过沙漠黎明时的微光
闪耀着露水般晶莹的涟漪，你的
脸庞曾被另一个生命分泌的气味和物质
笼罩，那裙裾飘动着，有梦一样的暗花
你还记得，你匍匐在这温暖的沙漠上
畅饮过人世间最美最甜的甘泉
而这一切，对你而言已经足够

尼沙，是否真的存在并不重要……

口弦[32]

弹拨口弦的时候
黑暗笼罩着火塘。
伸手不见五指
只有口弦的声音。
口弦的弹奏
是一种隐秘的词汇
是被另一个听者
捕获的暗语。
它所表达的意义
永远不会，停留在
空白的地域。
它的弹拨

只有口腔的共鸣。

它的音量

细如游丝，

它是这个世界

最小的乐器。

一旦口弦响起来

在寂静的房里

它的倾诉，就会

占领所有的空间。

它不会选择等待

只会抵达，另一个

渴望中的心灵。

口弦从来不是

为所有的人弹奏。

32 口弦：彝族人的一种原始乐器，用竹片或铜片做成，演奏时用口腔共鸣，音质优美，声音微弱而细小。

但它微弱的诉说

将会在倾听者的灵魂里

掀起一场

看不见的风暴！

河流

阿合诺依[33]——

你这深沉而黑色的河流

我们民族古老的语言

曾这样为你命名！

你从开始就有别于

这个世界其他的河流

你穿越我们永恒的故土

那高贵庄严的颜色

闪烁在流动着的水面

33 阿合诺依：彝语的意思是黑色幽深的河流，这里即指中国西南部的金沙江，是作者故乡的一条大河。

你流淌着

在我们传诵的史诗中

已经有数千年的历史

或许这个时间

还要更加久长

我们的祖先

曾在你的岸边憩息

是你那甘甜的乳汁

让他们遗忘了

漫长征途的艰辛，以及

徐徐来临的倦意

他们的脸庞，也曾被

你幽深的灵魂照亮

你奔腾不息

在那茫茫的群山和峡谷

那仁慈宽厚的声音

就如同一支歌谣

把我们忧郁的心抚慰

在渐渐熄灭的火塘旁

当我们沉沉地睡去

潜入无边的黑暗

只有你会浮现在梦中

那黑色孕育的光芒

将把我们所有的

苦难和不幸的记忆

都一扫而空

阿合诺依——我还知道

只要有彝人生活的地方

就不会有人，不知晓

你这父亲般的名字

我们的诗歌，赞颂过

无数的河流

然而，对你的赞颂

却比它们更多！

移动的棋子

相信指头，其实更应该相信
手掌的不确定，因为它的木勺
并不只对自己，那手纹的反面
空白的终结，或许只在夜晚
相信手掌，但手臂的临时颠倒
却让它猝不及防，像一个侍者
相信手臂，可是身体别的部分
却发出了振聋发聩的呻吟，因为
手臂无法确定两个同样的时刻
相信身体，然而影子的四肢
并不具有揉碎灵魂的短斧
相信思想，弧形的一次虚构

让核心的躯体，抵达可怕的深渊
不对比的高度，钉牢了残缺的器官
相信自由的意志，在无限的时间
之外，未知的事物背信弃义
没有唯一，只有巨石上深刻的“3”
相信吹动的形态，在第四维
星群神秘的迁徙，只有多或少
黑暗的宇宙布满规律的文字
相信形而上的垂直，那白色的铁
可是谁能证实？在人类的头顶之上
没有另一只手，双重看不见的存在
穿过金属的磁性，沿着肋骨的图案
在把棋子朝着更黑的水里移动……

而我——又怎能不回到这里！

谁能理解我！或者说：我们
那是因为精神的传统，早已经
断奏，脐带上滴下的血
渗入泥土，发出黑色的吼叫

我回去，并不是寻找自己
那条泥泞的路，并不是唯一
只有丰饶的天空——信守诺言
直到今天，还为我指引方向

在这里，或许在河流之上
或许在火焰之上，或许在意识之上

虽然这一切都被割裂在昨天
但不可遏制的伤痛，依然还活着

已经不可能，再骑着马
在母语的疆域，独自巡游
泪光中的黄昏，恍若隔世
如此遥远，若隐若现……

从陌生的地方返回，我无意证明
我们死后，会有三个灵魂遗世
而我只是想，哪怕短暂地遗忘
那异化的身份，非人的声音。

选择祖先的方式，让游子回家
在这个金钱和物质的世纪

又有谁更在乎，心灵的感受
而作为一个人，我没有更高的祈求

我的灵魂，曾到过无数的地方
我看见他们，已经把这个地球——
糟蹋得失去了模样，而人类的非理性
迷途难返，现在还处于疯狂！

原谅我！已经无法再负重，因为
我的行囊里，没有别的任何东西。
因为我只想——也只有这样一个愿望：
用鼻子闻一闻，山坡上松针的清香……

在许多时候，骨骼的影子
把土墙上的痕迹抹去

金黄的口弦，不再诱惑我

另一个自我，已经客死他乡！

但我还是要回去，这一决定——

不可更改，尽管我的历史和故乡的家园

已经伤痕累累，满目疮痍……

而我——又怎能不回到这里！

耶路撒冷的鸽子

在黎明的时候，我听见
在耶路撒冷我居住的旅馆的窗户外
一只鸽子在咕咕地轻哼……

我听着这只鸽子的叫声
如同另一种陌生的语言
然而它的声音，却显得忽近忽远
我甚至无法判断它的距离
那声音仿佛来自地底的深处
又好像是从高空的云端传来

这鸽子的叫声，苍凉而古老

或许它同死亡的时间一样久远
就在离它不远的地方，在通往
哭墙和阿克萨清真寺的石板上
不同信徒的血迹，从未被擦拭干净
如果这仅仅是为了信仰，我怀疑
上帝和真主是否真的爱过我们

我听着这只鸽子咕咕的叫声
一声比一声更高，哭吧！开始哭！
原谅我，人类！此刻我只有长久的沉默……

寻找费德里科·加西亚·洛尔迦[34]

我寻找你——

费德里科·加西亚·洛尔迦

在格拉纳达的天空下

你的影子弥漫在所有的空气中

我穿行在你曾经漫步过的街道

你的名字没有回声

只有瓜达基维河[35]那轻柔的幻影

在橙子和橄榄林的头顶飘去

在格拉纳达，我虔诚地拜访过

你居住过的每一处房舍

从你婴儿时睡过的摇篮

34 费德里科·加西亚·洛尔迦：西班牙诗人。

35 瓜达基维河：一条流经诗人洛尔迦故乡格拉纳达的河流。

（虽然它已经停止了歌吟和晃动）

到你写作令人心碎的谣曲的书桌

费德里科·加西亚·洛尔迦——

我寻找你，并不仅仅是为了寻找

因为你的生命和巨大的死亡

让风旗旋转的安达卢西亚

直到今天它的吉他琴还在呜咽

因为你的灵魂和优雅的风度

以及喜悦底下看不见的悲哀

早已给这片绿色的土地盖上了银光

费德里科·加西亚·洛尔迦——

一位真正的诗歌的通灵者，他不是

因为想成为诗人才来到这个世界上

而是因为通过语言和声音的通灵

他才成为一个真正的诗歌的酋长

费德里科·加西亚·洛尔迦——

纵然你对语言以及文字的敏感

有着光一般的抽象和直觉

但你从来不是为了雕饰词语

而将神授的语言杀死的匠人

你的诗是天空的嘴唇

是泉水的渴望，是瞑色的颅骨

是鸟语编的星星，是幽暗的思维

是蜥蜴的麦穗，是田园的杯子

是月桂的铃铛，是月亮的弱音器

是凄厉的晕光，是雪地上的磷火

是刺进利剑的心，是骷髅的睡眠

是舌尖的苦胆，是垂死的手鼓

是燃烧的喉咙，是被切开的血管

是死亡的前方，是红色的悲风

是固执的血，是死亡的技能

费德里科·加西亚·洛尔迦——

只有真正到了你的安达卢西亚，我们

才会知道，你的诗为什么

具有鲜血的滋味和金属的性质！

致尤若夫·阿蒂拉[36]

你是不是还睡在

静静的马洛什河[37]旁边？

或许你就如同

你曾描述过的那样——

只是一个疲乏的人，躺在

柔软的小草上睡觉。唉！

一个从不说谎，只讲真话的人

谁又能给你的心灵以慰藉呢？

因为饥饿，哪怕就是

神圣的泥土已经把你埋葬

但为了一片温暖的面包

36 尤若夫·阿蒂拉（1905—1937）：二十世纪匈牙利诗人。

37 马洛什河（Maros）：匈牙利南部的一条河流。

你的影子仍然会在蒿尔托巴吉[38]
寻找一片要收割的成熟的庄稼
这时候，我们读你的诗
光明的词语会撞击我们的心
我们会这样想，怀着十分的好奇
你为什么能把人类的饥饿写到极致？
你的饥饿，不是你干瘪的胃吞噬的饥饿
不是那只饿得咯咯叫着的母鸡
你的饥饿，不是一个人的饥饿
不是反射性的饥饿，是没有记忆的饥饿
你的饥饿，是分成两半的饥饿
是胜利者的饥饿，也是被征服者的饥饿
是过去、现在和将来的饥饿
你的饥饿，是另一种生命的饥饿
没有饥饿能去证明，饥饿存在的本身

你的饥饿，是全世界的饥饿

它不分种族，超越了所有的国界

你的饥饿，是饿死了的饥饿

是发疯的铁勺的饥饿，是被饥饿折磨的饥饿

因为你的存在，那磨快的镰刀

以及农民家里灶炉中熊熊燃烧的柴火

开始在沉睡者的梦里闪闪发光

原野上的小麦，掀起一层层波浪

在那隐秘的匈牙利的黑土上面

你自由的诗句，正发出叮当的响声……

尤若夫·阿蒂拉——

我们念你的诗歌，热爱你

那是因为，从一开始直到死亡来临

你都站在不幸的人们一边！

38 蒿尔托巴吉（Hortobagy）：匈牙利大平原东北部的一片草原。

重新诞生的莱茵河
——致摄影家安德烈斯·古斯基[39]

让我们在这个地球上的某一处
或许就在任何一个地方

让我们像你一样
做一次力所能及的人为的创造

你镜头里的莱茵河
灰色是如此的遥远
看不见鸽子，天空没有飞的欲望
只有地平线，把缄默的心
镶入一只杯子

在镜头里，钢筋水泥的建筑

绽放着崭新的死亡

静止的阴影，再不会有鸟群

在这时空的咽喉中翻飞

你没有坐在河的岸边独自饮泣

你开始制着自己的作品

并果断地做出了如下选择：

把黑色的烟囱，从这里移走

并让钢筋水泥的隔膜，消失

在梦和现实的边界

你让两岸的大地和绿草生机勃勃

39 安德烈斯·古斯基（Andreas Gursky，1955—）：德国当代著名极简主义摄影家、环保主义者。

在天地之外也能听见鸟儿的鸣叫

是你与制造垃圾的人殊死搏斗

最终是用想象的利刃杀死了对方

你把莱茵河还给了自然……

如果我死了……

如果我死了

把我送回有着群山的故土

再把我交给火焰

就像我的祖先一样

在火焰之上：

天空不是虚无的存在

那里有勇士的铠甲，透明的宝剑

鸟儿的马鞍，母语的盐

重返大地的种子，比豹更多的天石

还能听见，风吹动

荞麦发出的簌簌的声音

振翅的太阳，穿过时间的阶梯

悬崖上的蜂巢，涌出神的甜蜜

谷粒的河流，星辰隐没于微小的核心

在火焰之上：

我的灵魂，将开始远行

对于我，只有在那里——

死亡才是崭新的开始，灰烬还会燃烧

在那永恒的黄昏弥漫的路上

我的影子，一刻也不会停留

正朝着先辈们走过的路

继续往前走，那条路是白色的

而我的名字，还没有等到光明全部涌入

就已经披上了黄金的颜色：闪着光！

巨石上的痕迹
——致 W. J. H 铜像

原谅我，此次

不能来拜望另一个你

你早已穿过了——

那个属于死亡的地域

并不是在今天，你才又

在火焰的门槛前复活

其实你的名字，连同

那曾经发生的一切

无论是赞美，还是哑然

你的智慧，以及高大的身躯

都会被诺苏的子孙们记忆

是一个血与火的时代，选择了你
而作为一个彝人，你也竭尽了全力
在那块巨石上留下了痕迹
如同称职的工匠，你的铁锤
发出了叮当的声音，在那
黑暗与光明泥泞的路上
虽不是圣徒，却遮护着良心
你曾看见过垂直的天空上
毕阿史拉则[40]金黄的铜铃
那自然的法则，灼烫的词根
只有群山才是永久的灵床
我知道，你从未领取过前往
——长眠之地的通行证
因为还在你健在的时候
我俩就曾经这样谈起——

我们活着已经不是为了自己

而死亡对于我们而言

仅仅是改变了方向的时间！

40 毕阿史拉则：彝族古代著名的祭司、天象师和文字传承者。

拉姆措湖[41]的反光

站在更高的地方，或许

这就是水的石板在反光

白天已经遁逝，天上的星群

涌入光明的牛奶

听不见神的脚步，在更高处

它们在冷冷地窥视大地

你说水的深度，在这里

还有什么更深的意义？

目光所及之处，可看见

碎银的穹顶，拉姆措

在瞬息间成了另一个

无法预测的未知的宇宙

浮现出了花豹的斑纹

也许在神秘的殿堂，祭祀

插出的金枝，那是银河

永恒不可颠覆的图像

我不是巫师，不能算出

词语的肋骨还能存活多久

但在这里，风吹透时间

没有了生和死的界限。肯定没有！

但那扇大门，看见了吧

却始终开着……

41 拉姆措湖：青藏高原著名的神湖。

致酒

从不因悲愁而饮酒

那样的酒——

会让火焰与伤口

爬上死亡的楼梯

用酒来为心灵解忧

无色的桌布上

只会有更多的泪痕

我从来就只为欢聚

或许，还有倾诉

才去把杯盏握住

我从不一个人的时候

去品尝醉人的香醇

独有那真正的饮者

能理解什么是分享

我曾看见过牛皮的碗

旋转过众人的双手

既为活人也为死者

没有酒，这个世界

就不会有诗歌和箴言

黑暗与光明将更远

我相信，酒的能力

可消弥时间的距离

能忘掉反面的影子

但也唯有它，我们

最终才能沉落于无限

在浩瀚的天宇里

如同一粒失重的巨石

把倒立的铁敲响……

我接受这样的指令

我接受这样的指令：

不是拒绝冰

也不是排斥火焰

而是把冰点燃

让火焰成为冰……

契约

每天早晨
都是被那个声音唤醒
除了我，还有所有的生命
如果有谁被遗忘
再听不见那个声音
并不是出了差错
那是永恒的长眠
偶然——找到了他！

鹰的葬礼

谁见过鹰的葬礼
在那绝壁上，或是
万丈瀑布的高空
宿命的铁锤
唯一的仪式
把钉子送上了穹顶
鹰的死亡，是粉碎的灿烂
是虚无给天空的
最沉重的一击！没有
送行者，只有太阳的
使臣，打开了所有的窗户……

盲人

暮年的博尔赫斯，在白昼
也生活在黑暗的世界，或许
他的耳朵，能延长光的手指
让最黑的部分也溢出亮度
当他独自仰着头的时候
脸上的微笑更是意味深长
不是词在构筑第四个空间
仍然是想象，在他干枯的眼底
浮现出一片黄金般的沙漠
他不是靠回忆，对比会杀死它们
那些透明的石头，没有重量的宫殿
并不完整的城堡，已经弯曲的钥匙

空悬在楼梯之上的图书和穹顶
没有边界的星空，倒置的长椅
以及通向时间花园之外的小径
而这一切，都是被一个盲者创造
这是他用另一种语言打开的书籍
不为别人，这一次只为自己！

铜像

半夜醒来，那时候
博尔赫斯已经习惯
要在黑暗中前行，独自
穿过客厅，一双手
摸索，凡是触摸到的
每一样东西，他都
十分熟悉，因为已经
没有更诱人的话题
能留住白天的思绪
独有死亡，一直追随
人到了这样的年龄
似乎没什么再可惧怕

只是每一次，当他

无意中摸到自己的头像

五根手指在更深的地方

便能感受到虚无的气息

那金属的冰凉，会让他

着实吓一跳，他不相信

那个铜像与自己有关

但他却知道，逝去的生命

已经在轮回的路上再不回头……

流亡者

——写给诗人阿多尼斯[42]和他流离失所的人民

那是一间老屋，与别人无关

只要流亡者活着——

它就活着，如果流亡者有一天

死了，它也许才会在亡者的记忆中被埋葬

假如亡灵永存，还会归来

它会迎接他，用谁也看不见的方式

虽然屋顶的一半，已经被炮弹损毁

墙壁上布满了无声的弹孔

流亡者的照片，还挂在墙上

一双双宁静的眼睛，沉浸在幽暗的

42 阿多尼斯：（1930—）本名阿里·阿赫迈德·萨义德·阿斯巴尔，当代叙利亚著名诗人。

光线里，经过硝烟发酵的空气

仍然有烤羊肉和腌橄榄的味道

流亡者的记忆，会长时间停留在院落

那水池里的水曾被妈妈用作浇灌花草

娇艳硕大的玫瑰，令每一位

来访者动容，从茶壶中倒出的阿拉伯咖啡

和浓香的红茶，不知让多少异乡人体会过

款待他人的美德，虽然已经不能完全记住

是重逢还是告别？但那亲密的拥抱

以及嘴里发出的咂咂声响

却在回忆和泪眼里闪动着隐秘的事物

流亡者，并不是一个今天才有的称谓

你们的祖先目睹过两河流域落日的金黄

无数的征服者都觊觎你麦香的乳房

当饥饿干渴的老人，在灼热的沙漠深处迷失

儿童和妇女在大海上，就只能选择
比生更容易的死的结局和未知
今天的流亡——并不是一次合谋的暴力
而是不同利益集团加害给无辜者的器皿
杯中盛满的只有绝望、痛哭、眼泪和鲜血
有公开的杀人狂，当然也有隐形的赌徒
被牺牲者——不是别人！
在叙利亚，指的就是没有被抽象过的
——活生生的千百万普通人民
你看他们的眼神，那是怎样的一种眼神！
毫无疑问，它们是对这个世纪人类的控诉
被道义和良心指控的，当然不是三分之一
它包括指手画脚的极少数，沉默无语的大多数
就是那些无关痛痒的旁观者
我告诉你们，只要我们与受害者

生活在同一个时空——作为人！

我们就必须承担这份罪孽的某一个部分

那是一间老屋，与别人无关

然而，是的，的确，它的全身都布满了弹孔

就如同夜幕上死寂的星星……

黑色
——写给马列维奇[43]和我们自己

影子在更暗处，在潜意识的生铁里

它天空穹顶的幕布被道具遮蔽

唯一的出口，被形式吹灭的绝对

一粒宇宙的纤维，隐没在针孔的巨石

没有前行，更不会后退，无法预言风的方向

时间坠入无穷，只有一道消遁的零的空门

不朝向生，不朝向死，只朝向未知的等边

没有眼睛的面具，睡眠的灵床，看不见的梯子

被织入送魂的归途，至上的原始，肃穆高贵的维度

43 卡西米尔·塞·马列维奇（1878—1935）：俄罗斯前卫艺术最重要的倡导者，二十世纪具有世界影响的美术大师，其代表作《黑色正方形》已成为一种象征和标志。

找不到开始，也没有结束，比永恒更悠久

光制造的重量，虚无深不可测，只抵达谜语的核心！

博格达峰的雪
——致伊明·艾合买提[44]

博格达耸立在群山的高处，

有谁又能徒步翻过那白色的顶峰，

它曾目睹无数行吟者在它的身旁，

最早的歌手也只留下横陈大地的影子。

我们把手中的琴拨弹得如此激越，

假如琴弦在瞬间戛然发生断裂，

那预言的是否就是亘古不变的死亡

或是宣告新的生命将在光明的子宫中诞生？

作为诗人我们是这般幸运，

因为古老的语言还存活在世间，

即便我们的肉体已经消失得毫无踪影，

44 伊明·艾合买提：生于1944年，中国当代维吾尔族著名诗人、翻译家。

但我们吟唱的声音却还会响彻宇宙。

朋友，你们看，在时间的疾风里，

所有物质铸成的形式都在腐朽，

任何力量也都无法抵抗它的选择，

这不是命运的无常，而是不可更改的方向。

如果有什么奇迹会在最后时刻出现，

那就是我们的诗歌还站在那里，没有死亡。

刺穿的心脏

——写给吉茨安·尤斯金诺维奇·塔比泽[45]

你已经交出了被刺穿的心脏
没有给别人，而是你的格鲁吉亚
当我想象穆赫兰山[46]顶雪的反光
你的面庞就会在这大地上掠过

不知道你的尸骨埋在何处
那里的白天和黑夜是否都在守护
在你僵硬地倒毙在山岗之前
其实你的诗已经越过了死亡地带

45 吉茨安·尤斯金诺维奇·塔比泽（1895—1937）：二十世纪格鲁吉亚和苏联著名诗人，象征主义诗歌流派的领袖人物。1937 年去世，是苏联大清洗牺牲者之一，死后平反恢复名誉。

46 穆赫兰山：格鲁吉亚境内一座著名的山脉。

于你而言，我是一位不速之客
然而我等待你却已经很久很久
为了与你相遇，我不认为这是上苍的安排
更不会去相信，这是他人祈祷的结果

那是你的诗和黑暗中的眼泪
它们并没有死，那悲伤的力量
从另一个只有同病相怜者的通道
送到了我一直孤单无依的心灵

即使你已经离世很久，但你的诗
却依然被复活的角笛再次吹响
相信我——我们是这个世界的同类
否则就不会在幽暗的深处把我惊醒

我们都是群山和传统的守卫者

为了你的穆哈姆巴吉[47]和我祖先的克哲[48]

勇敢的死亡以及活下去所要承受的痛苦

无非都是生活和命运对我们的奖赏……

47 穆哈姆巴吉：格鲁吉亚一种古老的诗歌形式。

48 克哲：彝族一种古老的诗歌对唱形式。

诗人的结局

我不知道，

是 1643 年的冬天，

还是 1810 年彝族过年的日子。

总之，实际上，

老人们都这样说。

在吉勒布特，

那是一场罕见的大雪，

整整下了一天一夜。

住在这里的一家人，

有十三个身强力壮的儿子，
他们骄傲的父母，
都用老虎和豹子，
来为他们的后代命名。

鹰的影子穿过了，
谚语谜一般的峡谷。

大雪还在下，
直到傍晚的时候，
妈妈在嘴里喃喃地、
数着一个个归来的儿子。

“一个、两个、三个……”

她站在院落外，

看着自己的儿子们，

披着厚实的羊毛皮毡，

全身冒着热气。

透过晶莹的雪花，

她的眼里闪动着光亮。

这一切都发生在这里。

一块破碎的锅庄石，

被坚硬的犁头惊醒，

时间已经是 2011 年春季，

他们用手指向那里：

“你的祖先就居住在此地！”

燃烧的牛皮在空中弯曲成文字。

一个词语的根。
一个谱系的火焰。
被捍卫的荣誉。
黑色的石骨。
从鹰爪未来的杯底，
传来群山向内的齐唱。
太阳的钟点，
从未停止过旋转。

我回到了这里。
戏剧刚演到第三场。

因为父子连名的传统，

那结局我已知晓。

从此死亡于我而言，

不再是一个最后的秘密。

这不是一场游戏，

作为主角，不要耻笑我，

我是另一个负重的虚无，

戏的第七场已经开始……

致叶夫图申科[49]

对于我们这样的诗人：

忠诚于自己的祖国，

也热爱各自的民族。

然而我们的爱，却从未

被锁在狭隘的铁笼，

这就如同空气和阳光，

在这个地球的任何一个地方，

都能感受到它的存在。

我们或许都有过这样的经历，

都曾为另一个国度发生的事情流泪，

49 叶·亚·叶夫图申科（1933— ）：俄罗斯诗人。他是苏联五十年代末、六十年代初“大声疾呼”派诗人的代表人物，也是二十世纪最具影响力的诗人之一。他的诗题材广泛，以政论性和抒情性著称，既写国内现实生活，也干预国际政治，以“大胆”触及“尖锐”的社会问题而闻名。

就是他们的喜悦和悲伤，
虽然相隔遥远，却会直抵我们的心房，
尽管此前我们是如此陌生。
如果说我们的诞生，是偶然加上的必然，
那我们的死亡，难道不就是必然减去的偶然吗？
朋友，对此我从未有过怀疑！

没有告诉我

——答诗人埃乌杰尼奥·蒙塔莱[50]，因他有过同样的境遇，他当时只有长勺。

毕阿史拉则[51]，

没有告诉我，

在灵魂被送走的路上，

是否还有被款待的机会。

有人说无论结果怎样，

你都要带上自己的木勺。

我有两把木勺，

一把是最长的，还有一把是最短的，

50 埃乌杰尼奥·蒙塔莱（1896—1981）：二十世纪意大利著名诗人。

51 毕阿史拉则：彝族历史上最著名的祭司和文字传承掌握者，以超度和送魂闻名。

但这样的聚会却经常是

不长不短的木勺，

才能让赴宴者舀到食物，

但是我没有，这是一个问题。

信仰的权利

——致哈里森·索尔兹伯里[52]

我当然知道，你曾经说过，

中国工农红军的二万五千里长征，

是前所未闻的故事。

你也曾重复过埃德加·斯诺的话，

长征永远是人类历史上——

最激动人心的一次远征！

其实用不着你再去证明，

因为长征毫无疑问是20世纪，

改变了世界进程用血和生命谱写的壮举。

尽管这样，我对你那力求真实的书写，

52 哈里森·索尔兹伯里（1908—1993）：美国著名记者、作家，曾任美国文学艺术学会主席，全美作家协会主席。著有《列宁格勒被困九百天》《长征——前所未闻的故事》等作品，闻名于世。

始终抱有极大的钦佩和尊敬，

因为你是其中一位超越了偏见，

用另一种文字记录过长征的人。

但是，原谅我——

在这里我没有把长征说成一个神话，

如果真的是那样——

那将是我们的浅薄和无知，

同样我们的内心也会感到不安。

是的，朋友，这不是神话和传说，

那是我们的父辈——

为了改变一个东方古老民族的命运，

所付出的最为英勇壮烈的牺牲。

他们中间的大多数人，

都没有看到那个动人心魄的未来，

直到今天我们也无法全部说出他们的名字。

八万六千名战士——

绝不是一个数字冰冷的统计，

潜入他们的血管，我们能听见，

每一条汹涌的河流穿越大地的声音，

他们的每一次心跳和呼吸，

都如同黎明时吹过群山和原野的风，

在最黑暗的年代，让号角吹出了火焰和曙光！

哈里森·索尔兹伯里——

正如你在书中记录的那样，

这次人类有文字记载以来的重大事件，

最终只有六千多人活了下来。

但是，但是，索尔兹伯里——

我相信你对这个事件做出的记录，

但你仍然没有回答一个最重要的问题，

那就是这一群不惜牺牲的男男女女，

是什么力量支撑他们走出了绝境，
又是何种精神，让他们相信明天还会来临。
可以肯定，他们优秀的品质不是天生的，
作为人他们都是普通的生命个体。
同样，需要我们回答的还有——
是谁？将这一群人铸造成了英雄，
成为这片苦难的土地上自由的象征。
是的，面对这样一些问题——
我们必须回答，永远不能回避。
无论我们一次又一次地去追问，
逝去的岁月和沉默的时间，
无论我们是不是——
在今天这样一个喧嚣的世纪，
已经淡忘了民族记忆中最宝贵的东西，
我们都必须回答这个严肃的问题。

对于我们今天活着的每一个人，
回答这个问题，或许不是命令和要求，
但它却是对我们良心的拷问。
哈里森·索尔兹伯里——那我告诉你，
是磐石和钢铁一般的信仰，
才让我们的父辈创造了超越生命的奇迹。
否则，他们中的一些人，
就不会抛弃优越的生活和地位，
去献身一种并非乌托邦的崇高事业。
这个队伍的基础穷苦的农民子弟，
也不可能被锤炼成坚定的战士。
对这样一段荡气回肠的故事，
我当然相信，也是作为一个诗人预言，
再过一百年，再过一千年，
它仍然会是一个民族集体的记忆。

到那时候我们的后人——

一定会为他们的先辈肃然起敬。

如果在今天我们生活的时代，

还有什么可传承和值得自豪的权利，

那就是我们父辈留给我们的——

信仰的权利，而绝不会是其他。

难怪有一位幸存的女革命家这样说，

要是我们背弃了死难者的理想，

就是多活一天，也是一种罪过！

谁也不能高过你的头颅
——献给屈原[53]

诗人！光明的祭司，黑暗的对手
没有生，也没有死，只有太阳的
光束，在时间反面的背后
把你的额头，染成河流之上
沉默的金黄。你的车轮旋转
如岩石上的风暴，你孑然而立
望着星河深处虚无的岸边
谁也不能高过你的头颅
你饮木兰上的露水，不会饥饿
每一次自我的放逐，词语的

53 屈原（公元前 340 年—公元前 278 年）：是中国历史上第一位伟大的爱国诗人，中国浪漫主义文学的奠基人，被誉为“中华诗祖”。

骨笛，都会被火焰吹响
谁也不能高过你的头颅
因为在群山的顶部，你的吟游
如同光明的馈赠，这个世界
不会再有别人——不会！
能像真正的纯粹的诗人一样
像一个勇士，独自佩戴着蕙草
去完成一个人与众神的合唱
谁也不能高过你的头颅
只有太阳神，那公正无私的双手
能为你戴上自由的——冠冕！
诗人！只有你的命令能抵达
并阻止死神的来临，那高脚杯
盛满了菊花酿造的美酒
那是宴客的时辰，被唤醒的神灵

都会集合在你的身后，仰望
天河通向未知的渡口，你手中的
火把，再一次照亮了黑暗的穹顶
它的颜色超过了所有我们见过的白昼
只有你的云车不用铁的铠甲
和平养育的使者，人群中的另类
只有你能说出属于自己的语言
无论是在人的面前，还是在神的殿堂
你都紧握着真理和道德的权杖
谁也不能高过你的头颅
当你呼唤日月、星辰与河流
它们的应答之声，就会飘浮在
肃穆寂寥的天庭——并成为绝响！
我不知道，难道还有别的声音
能具有这般非凡的超自然的力量

说你没有生，也没有死

那是因为你永远行走在轮回的路上

就是你那所谓最后的消遁

也仅仅是一种被死亡命名的形式

诗人！如果有生的权利，当然

你也会有死的权利，但是——

唯有你，在死亡降临的瞬间

就已经用另一种方式完成了复活

由此，我们曾愚钝地寻找过你

其实你就是这片母语的土地

和神圣的天空，我们的每一次呼吸

都能感受到你的存在，你是

流动的空气，一只飞翔的鸟

没有名字的一株幽兰，树叶上的昆虫

一块谁也无法撼动的巨石，或许

就是一粒沙漏中落下的宇宙

谁也不能高过你的头颅

在一个种族集体的记忆里

作为诗人，你是第一个，没有并列

用自己的名字，开启了一条诗歌的航道

你不会死去，因为你的不朽和牢不可破

诗歌纵然已经伤痕累累，但直到今天——

它也从未放弃过对生命的歌唱！

悬崖的边缘

我站在悬崖的边缘，前面是
悬浮的空气的负数，我一直
站在边缘纯粹的绝对之上
如果说我是一个点，其实
我就是这边缘核心的脊柱
另一个存在站在这里，时间的
楼梯已经被它们完整地抽掉
也许只需要半步，物质的重量
就会失衡，事实已经证明——
就是针尖一样的面积，也能让
一个庞大的物体在现实的
玻璃上立足，而这并非在历险

难道这就是思想和意念的针孔
被巨石所穿越的全部理由
我一直站在那悬崖的最边缘
是遥远的大海终止了欲望和梦
我没有转过头，尽管太阳
洒下了千万颗没有重量的雨滴
因为我的背后什么也没有……

从摇篮到坟墓

从摇篮到坟墓
时间的长和短
没有任何特殊的意义
但这段距离
摇篮曲不能终止
因为它的长度
超过了世俗的死亡

你听那原始的声音
从母亲的喉头发出
这声调压过了所有的舌头
在群山和太阳之间

穿越了世代火焰的宇宙
通向地狱和天堂的门
虽然已被全部打开
但穹顶的窗户，却为我们的
归来，标明了红色的箭头

在这大地上，只有摇篮曲
才让酣睡的头颅和肋骨
甜蜜自由，没有痛苦
那突然的战栗和疯狂
让遥远的星星光芒散尽

因为母亲的双手
那持续的晃动，会让
我们享受幸福的一生

当我们躺在——

墓地的火焰之上

仍然是母亲的影子

在摇篮旁若隐若现

从摇篮到坟墓

只有母亲的手

还紧紧地牵着我们

从摇篮到坟墓

始终伴随着我们的

就是母亲的摇篮曲

我知道这个世界上

再没有什么别的声音

——能比她的吟唱

更要动人，更要美好！

这个世界并非杞人忧天

这个世界并非杞人忧天
但总会有人担心——
天空会突然地坍塌
我本应该待在老家达基沙洛
而不是在这个狂躁的尘世游走
但事实就是这样，我疲惫不堪
就是望见了并不遥远的山顶
我也没有心气攀上它的高处
不是每一种动物，都有这样的想法
作为一个彝人，我只想——
同我的祖先们一样，躺在寂静的
山冈，长时间地注视远方

在时间的尽头，最终捕捉到
这一切是如何消失得无影无踪
甚至去观察一只勤快英勇的蚂蚁
是怎样完成搬运比它的身体
更要庞大百倍的昆虫的把戏
如果没有疑义，还可以潜入荞麦地
去守望一颗颗麦尖上晶莹的露水
它们折射闪烁出千万个迷人的星空
而从那遥远处吹来的温暖的风
会让无名的思绪飘浮于永恒的无限
但是尽管这样，我仍然无法摆脱
这个地球遭遇不幸的生命
在我的耳边留下的沉重叹息
虽然我们每个人都应该洁身自好
可还是有人参与了对别的生物的杀戮

其实这个世界比我们想象的
还要堪忧，这并非哗众取宠
我们的土地本来就是母亲的身躯
是今天的人类，在她身上留下了伤口
他们高举着机器和逻辑的镰刀
高歌猛进，横冲直撞，闪闪发光
羞耻这个词，不敢露面，它躲进了
把一切罪恶汇集在一起的那本词典
它让我们无尽的天空和海洋
留下了一道道斧痕叮当作响
这个宇宙只有太阳依然美好善良
它伸出了它的大手，去擦干泪水
可以听见，也可以看见，还有多少生命
正在诞生，并为明天的来临而欣喜若狂
尽管这样，我还是固执地相信

这个世界不会毁于一场预谋的战争

而会毁于一次谁也不太关注的偶然

但愿，但愿这一天永远不要出现。

致西湖

这样的湖蓝色坠落静界。
纯粹的影子并非此处独有：
那是你堤上摇曳的树叶，
上面滚动着回光的秘密，
遗失于黑暗的褶皱，
惊醒光明遮蔽的钟摆。

如果没有苏轼，
就不会在水波上瞻望，
浪花与时间的意义。
那朽烂变暗的屋檐，
如今，也因为白居易的名字，

在吹拂的风中焕然一新。

无数的嘴唇为你加冕，
驾着传说的银轮返回中心。
或许不是现实，虚拟的镜子，
从别处飞来，风是一匹白色的马。
墨迹依稀可辨，石头寻找我们，
饮者的星象，被铸造成诗。

火焰一般的自然之物，
唯有星辰在睡眠中闪耀。
假如文字的魔力死亡，
黎明的风暴也无力掷入柴火。
而这潭池水，确凿无疑，
也将黯然失色，心如骨灰。

一只透明的鸟，站在岸上柳枝的顶端，

归来与离去，还是词语的梯子，

最终决定了这个世界的高度。

支格阿鲁[54]

你逆风而来，如同一道光。

你追随太阳的车轮，沉睡于群山之上。

你无处不显，在每一个火塘的石头里，

让深渊的记忆发出咝咝的声响。

是你第一次用宝刀刺向未来，将一个部族

被命运的天平锤击的目标确定。

伟大的父亲：鹰的血滴——

倾听大地苍茫消隐的呓语，

在你绝对的疆域，梦一次又一次地来临。

你在山顶喊叫，落日比鲜血还红，

你词语的烈焰，熊熊燃烧，

洗净了面具的大海和酒杯。

你带着柏树和杉树的竹笛，
那匹有翅膀的骏马，与你巡游天庭。
你举着火把和烛炬义无反顾地挺立，
沉默的诸神流下了晶莹的泪水。
蕨基草，出现在第三者的镜中，
黎明让万物开始自由地苏醒。
我们的父亲，撬动滚落光明的天石，
另一种荞麦盛入了星辰谷粒的盘子。

是你把这个世界最后交给我们，
但你却从未真的离开过这里。
当我们面对你——天空、河流、大地、
森林，没有骑手的马鞍，失去

54 支格阿鲁：彝族英雄史诗的主人公，在彝族传说中被视为鹰的儿子。

嘴唇的铠甲，遗忘了主人的镰刀。
你让我们同时饮下了两个极端的铁，
那是诞生的誓言和死亡的泉水。
你并不是一则寓言，在时间的寓所，
空气、阳光、那无处不在的气息，
宣告了你仍然是这片土地的君王。
我们的父亲，作为你的嫡亲，我不会
为自己哭泣，我的呐喊飞扬血丝，
在我的背后不是一个人，而是你
全部的子孙，尽管我如此的卑微。

梦的重量

有时候，梦是如此清晰
而现实却是这般虚幻
因为只有在梦里，我才能
看见另一个世界的母亲
她的微笑散发出温暖的光芒
她的皱纹清晰得如同镜子
当我的手掌触摸到她的指尖
那传递给我的温度和触觉
会让我在瞬间抓住一块石头
她的头发在轻轻地颤动
你能听见它划破粒子的声音
她的目光依然充满爱意

那眼底深处有发亮的星星

她的气息还在悄然弥漫

在第七个空间，这是她的空间

谁也无法将它占有

在那堵高墙的两边，生和死

将白昼和日月撬动旋转

当生命的诞生被无常接纳

死亡的凯歌也将择时奏响

没有什么东西能获得不朽

只有精神的钉子能打入宇宙

不要相信那些导电的物体

因为心灵将会被火焰点燃

而今天，我只能通过梦

与我亲爱的母亲见面

我原来不相信，梦的真实

要超过所有虚幻的存在

现在我相信，我的双手告诉我

在睡眠的深处，梦的重量

——已经压倒了天平！

时间的入口

有诗人写过这样的诗句：

——时间开始了！

其实时间从未有过开始，

当然也从未有过结束。

因为时间的铁锤，无论

在宇宙深邃隐秘的穹顶，

还是在一粒微尘的心脏，

它的手臂，都在不停地摆动，

它永不疲倦，那精准的节奏，

敲击着未来巨大的鼓面。

时间就矗立在我们的面前，

或许它已经站在了头顶，

尽管无色、无味、无形，

可我们仍然能听见它的回声。

那持续不断地每一次敲击，

都涌动着恒久未知的光芒。

时间不是一条线性的针孔，

它如果是——也只能是

一片没有边际浮悬的大海。

有时候，时间是坚硬的，

就好像那发着亮光的金属，

因此——我们才执着地相信，

只有时间，也只能是时间，

才能为一切不朽的事物命名。

有时候，时间也是柔软的，

那三色的马鞍，等待着骑手，

可它选择的方向和速度，

却谁也无法将它改变。

但是今天，作为一个诗人，

我要告诉你们，时间的入口

已经被打开，那灿烂的星群

就闪烁在辽阔无垠的天际。

虽然我们掌握不了时间的命运，

也不可能让它放慢向前的步伐，

但我们却能爬上时间的阶梯，

站在人类新世纪高塔的顶部，

像一只真正醒来吼叫的雄狮，

以风的姿态抖动红色的鬃毛。

虽然我们不能垄断时间，

就如同阳光和自由的空气，

它既属于我们，又属于

这个星球上所有的生命。

我们知道时间的珍贵，

那是因为我们浪费过时间，

那是因为我们曾经——

错失过时间给我们的机遇，

所以我们才这样告诉自己，

也告诉别人：时间就是生命。

对于时间，我们就是骑手，

我们只能勇敢地骑上马背，

与时间赛跑，在这个需要

英雄的时代，我们就是英雄。

时间的入口已经被打开，

东方这片古老土地上的子孙，

已经列队集合在了一起。

是的，我们将再一次出发，

迎风飘动着的，仍然是那面旗帜，

它经历过血与火的洗礼，
但留在上面的弹孔，直到今天
都像沉默的眼睛，在审视着
旗帜下的每一个灵魂。
如果这面旗帜改变了颜色，
或者它在我们的手中坠落在地，
那都将是无法原谅的罪过。
我们将再次出发，一个
创造过奇迹的巨人，必将在
世界的注目中再次成为奇迹。
因为我们今天进行的创造，
是前人从未从事过的事业，
我们的胜利，就是人类的胜利，
我们的梦想，并非乌托邦的
想象，它必将引领我们——

最终进入那光辉的城池。

我们将再次出发，吹号者
就站在这个队伍的最前列，
吹号者眺望着未来，自信的目光
越过了群山、森林、河流和大地，
他激越的吹奏将感动每一个心灵。
他用坚定的意志、勇气和思想，
向一个穿越了五千年文明的民族，
吹响了前进的号角，吹响了
——前进的号角！

纪念爱明内斯库[55]

从另一种语言的边缘进入你

毫无疑问你就是母语的燧石

不是所有的诗人都享有这般殊荣

在许多古老语言构建的世界

总会有一个人站在群山之巅

我不相信，这是神的意志和眷顾

但无法否认命运对受礼者的垂青

你不是马蹄铁在原野上闪着微光

而是铁锤敲打铁砧词语的记录

难怪在喀尔巴阡山[56]有人看见

你的影子在太阳的金属中飘浮

那一定是你——不是别人！

一直就存活在时间之船的额头

在那通向溪水永远流淌的路上

只要还有人在吟诵你的诗歌

就证明了多依那[57]的传统仍在延续

如果遥望肃穆寂静蓝色的天幕

只有金星的灿烂冠盖了拱顶

不是所有的诗人——当然不是！

能像你那样置身于核心的位置

当你的诗成为自由的空气和风

不朽的岩石和花朵悬浮于记忆

其实从那一刻起——长发飘逸的天才

你就已经战胜了世俗的死亡

55 米哈伊·爱明内斯库（1850—1889）：罗马尼亚十九世纪后半叶最伟大的民族诗人。

56 喀尔巴阡山：欧洲中部山系的东段部分，绵延约1500千米，穿越数国。

57 多依那：罗马尼亚一种抒情民歌的名称。

因为在七弦琴[58]到过的每一个地方
在你那滚动着金黄麦秸的祖国
你的墓地——就是另一个摇篮！
但是又有几人知道，你屹立在山顶
没有退路，你就是风暴的箭靶
站在这样的高度，最先迎接了曙光
因为雷电的击打留下了累累伤痕
然而正是因为你站在了队伍的前列
你点燃的火炬才穿越了所有的世纪
我知道，我知道，我当然知道
在每一处——生死轮回的疆域
都会有一个是宙斯[59]，真正的独角兽
就是面对死亡，你也会是第一个
让刀尖插入胸膛，背负着十字架的人
不是所有的诗人——当然不是！

只有那些时刻准备着牺牲的人

才被赋予了这样神圣的权利

这绝不是特殊，而要具备一种品质

就是在不幸和苦难来临的时候

能甘愿为大多数人去从容赴死

假如谁要问我——如何才能通向

他们精神城堡的大门。如何——

才能用最快捷的方式打开

一个民族心灵最隐蔽的门扉

那我就告诉你，只有一个办法：

潜入他们诗歌和箴言的大海

一直潜到最幽深而不可测的部位

哦！那黑色的鲸！或许它就是

思想苍穹喉咙里红色的狮子

58 七弦琴：罗马尼亚一种古老的民间乐器。

59 宙斯：古希腊神话中奥林匹斯山的最高天神，他统治着人和神的世界。

你还可以——与幻想一起飞翔
只要逃离了地球的引力，你就能
攀爬上文字的天梯，终于看见
鸟类中的巨无霸——罕见的鹰王！
假如你最后还要问我——我当然
会如实地说——阅读爱明内斯库吧
你一定会看见罗马尼亚的——灵魂！

双重意义

诗人尼基塔·斯特内斯库
在他临终前，对抢救他的年轻医生说：
“请给我一点点你们的青春！”
无疑这是对生命的渴望和赞美，
是对逝去的时间以及岁月的褒奖。
作为肉体的现实，穿越乌有的马匹，
不论是夜晚，还是更长的白昼，
当那一天来临，穹顶上再没有
一颗悬挂睡眠和头颅的钉子。
或许这不是一次回眸，仅仅是
死亡的一种最常规的形式。
如果说物体和思想的存在

本身就是另一种并非想象的虚无。
难怪作为一个曾经活着的人，
跟不同的影子捉迷藏和游戏，
就足以消耗螺旋形的一生。
尽管生命的磁铁并不单调乏味，
但那仍然是生者赋予了它双重的意义。
也许正因为此，荒诞的生活连同
被抽象的词语，才能在光的
指引下，一次次拒绝黑暗和死亡。

在尼基塔·斯特内斯库的墓地[60]

如果再晚一分钟，
你居住的墓园就要关闭
夜色降临前的门。
用一种姿势睡在泥土里，
时间的板斧终于成了盾牌。
此刻，手臂是骨头的笛子，
词语将被另一个影子吹响。
凝视的眼睛，穿过黑暗的石头，
思想的目光爬满永恒的脊柱。
一个过客，吞食语言的钢轨，
吞食饥渴的星球，吞食虚无的圆柱。
当死亡成为你的线条的时候，

60 尼基塔·斯特内斯库（1933—1983）：罗马尼亚著名诗人，被公认为罗马尼亚当代现代派诗歌的代表人物。

当生命变成四轮马车发黑的时候，
当发硬的颅骨高过星辰的时候：
唯有你真实的诗歌犹如一只大鸟，
静静地飘浮在罗马尼亚的天空。

写给我在海尔库拉内[61]的雕像
——致诗人伊利耶·柯里斯德斯库[62]

我的眼睛

在海尔库拉内。

我的眼睛，犹如

静止的大海，透明的球体，

山峦、河流、城市、圣殿……

我的眼睛，以万物的名义

将黑暗和光明的幕布打开。

或许这就是核心和边缘的合一。

我的眼睛，如果含满了泪水，

只能是，也只可能是海尔库拉内

61 海尔库拉内（Herculane）：位于罗马尼亚东部的城镇。

62 伊利耶·柯里斯德斯库：罗马尼亚当代诗人，罗马尼亚西方大学教授。

的悲伤，让我情不自禁地哭泣。

我的眼睛里露出了微笑，

那是因为唯一。唯一的海尔库拉内，

被众多语言的诗歌在宴席上颂扬。

我的耳朵

在海尔库拉内。

一只昆虫的独语，消失在

思想的白色的内部。

我的耳朵，知晓石头整体的黑洞，

能听见沙砾的呐喊，子宫的沉默。

更像坠落高处的星辰，置于头顶的铁具。

而只有我的嘴巴，在海尔库拉内，

等待着，等待着……有一天，

我进入它的体内，发出心脏的声音。

运河

并不是所有人类对自然的
改造，都是一种破坏，
虽然这已经有数千年的历史。
比如对运河的开凿，就是
一个伟大而完整的例证……
当叮当的金属划开大地的身躯，
自由的胸腔鼓动着桅杆的羽翼。
在水的幻影之上，历史已被改写。
疾驰的木船，头上是旋转的天体，
被劈开的石钟，桨叶发出动听的声音。
挖掘坚硬的水槽，直到硕大的生铁，
将线路固定，词语定位成高空的星座。

不是山峦的原因，更不是风的力量，
而是清澈柔软的水创造了奇迹：
君王的权杖。宫殿的圆柱。战争的粮草。
帝国的命脉。晃动的酒杯。移动的国库。
被水滋养的财富。用盐解除的威胁。
输入权力中心的血液。压倒政敌的秘籍。
流动的方言。女人真情或假意的啜泣。
并非对抗的交易。埋葬过阴谋的河床。
相对存在的虚拟。一直活着的死亡。

多么不幸，如果运河里再没有了水，
它所承载的一切，当然就只能成为
零碎的记忆和云中若隐若现的星星。

我始终热爱弱小的事物

我始终热爱弱小的事物，
也许是我与生俱来的一种偏好。

在我们这个世界，
强大的事物已经足够显赫。
主宰旋转的星球以真理和正义的名义，
手持太阳光辉的利剑保护道德的法则。
可是古老野蛮的罪行却还在出现：
在利比亚和阿富汗，在今天的耶路撒冷，
从对抗的科索沃到血亲复仇的车臣，
在流血的伊拉克，也在哭泣的叙利亚

还有直到今天仍陷入内战的索马里，
发生犯罪的现场绝不仅仅在这些地方，
被无辜杀害的人数还在快速增长。
诚然对灵魂的救赎一天也没有停止，
但当我们面对无辜的叫喊和呻吟，
却不能将他们拯救出人间的地狱。

我不知道大地与天空真实的距离，
但我却能辨别出魔鬼与天使的差异。
哦！这是谁的手在向空中抛掷骰子？
为什么总是弱小的一边遭到惩罚？

我始终热爱弱小的事物，
也许是我与生俱来的一种偏好。
这些弱小的事物就在那里，

遍及世界的每一个角落。

在黑暗的阴影里，像一滴凝固的泪，

一段母语哽咽的歌谣。

这些被所谓人权忽视的声音，

偏远。落后。微弱。永远不在

强势文明定义的中心。但我却

选择了与它们站在一起。

口弦的力量

细小的声音

从大地和宇宙的深处

刺入血的

叫喊

我的心脏

开始了

体外的跳动

就像一个

传统的勇士

还在阵地上

我曾有过

这样的战绩

用一把口弦

打退了

一个乐团的进攻

马鞍的赞词

沉默的时候，时间的车轮，
并没有停止

一、等待

回忆昔日的黄金，

唯独只有骑手醒来：

风吹过眼球，

吹过头颅黑色的目光。

鼓动的披风，自由的

手势，与空气消融。

鹰隼的儿子，
另一半隐形的翅膀，
呈现于光的物体。

飞翔于内在的
悬疑，原始的秘密，
熄灭在鸟翅之上。

至尊的荣誉，
在生命之上，死亡的光环
涌动在群山的怀抱。
骑手，还在颂词中睡眠，
但黎明的吹奏

却已经在火焰的掩护下
开始了行进。

二、符号的隐喻

骑手没有名字，
他们的名字排列成阶梯。
鞍座只记忆胜利者，
唯有光明的背影，永远
朝前的姿势融化于黑暗。

眼底的空洞透明晶莹，
风的手指紧紧地拽着后背。
马脊骨是一条直线，
动与静在相对中死去，

旋转的群山坠入蓝色，
苍穹和大地脱离了时间。

耳朵转向存在的空白，
在迅疾的瞬间，进入了灭亡。
针孔。黑洞。无限。盲点。
声音弥散在巨大的宇宙，
周而复始地替换，没有目的，
喉咙里的巫语凝固后消失。

哦，骑手！不论你的血统怎样，
是紫色，是黑色，还是白色，
马背上的较量只属于勇士。
没有缝隙，拒绝任何羞耻的呼吸，
比生命更高贵的是不朽的荣誉。

你看，多快的速度穿过了肋骨，
只有它能在天平上分出高低。

三、马蹄铁的影子

永远不会衰竭……
每一次弯曲，都以绝对的
平衡告别空虚。
肢体的线条自由地起伏，
踏着大地盛开的花朵。
无数的幻影叠加飞行，
前倾的身体刺入了未来，
肩膀上只有摇曳的末端。

四肢的奔腾悬浮空中，

撒落的种子，

受孕于无形的胎心。

持续性的那一边，

没有燃烧的箭矢。

名字叫达里阿宗的坐骑，

被传颂在词语的虹膜，

不被意识的空格拉长，

但能目睹马蹄铁的坠落。

无须为不朽的勇士证明，

那些埋下了尸骸的故土，

只要低头凝视，就能找到

碎铁的一小片叶子。

四、三色的原始

黑色的重量透彻骨髓，
那是夜晚流动的秘密，
大地中心的颜色，
往返坐直的权杖。

在缄默的灵魂里，
没有，或者说，它的高贵
始终在黄金之上，
所有的天体守候身旁。

太阳的耳环，
光明涌入的思想，
哦，永恒的金属，

庞大溢满的杯子。

抓住万物的头发，
吹动裸露的胸膛，
唯恐逃离另一个穹顶，
词语的舌尖舔舐了铁。

血液暗红的色素，
来自祭祀的牛羊。
红色的生命之躯，
渴望着石头的水。

只有含盐的血
拌入矿物质的疯狂，
那只手，才能伸向

成熟乳房的果实。

朝我们展开了
生殖力最强的部分，
没有别的颜料，
只有红黄黑
在诞生前及死亡后
成为纯粹的记忆。

五、静默的道具

能听见无声的嘶鸣，
但看不到那匹马。
当火焰，穿过岩石和星座，
是谁在呼喊骑手的名字？

否则，抬起的前蹄
不会踏碎虚无的存在。

那只手抓住了缰绳，
在马背之上如弧形的弓，
等待奔向黑暗的瞬间。
是骨骼对风的渴望，
还是马鞍自由的意志，
让虚幻的骑手，在轻唤
月色中隐形的骏马？

三色原始的板块，
呈现出宁静的光芒，
原始的底色，潜藏着
断裂后的秘密。

哦，伟大的冲刺才属于你，
拒绝进入那永恒的睡眠。

总有一天，那个时刻，
要降临词语的中心，
你会突然间醒来，
在垂直的天空下飞翔，
没有头部，没有眼睛，也没有
迎风飘扬的尾巴。
你的四蹄被分成影子，
虽然已经脱离了躯体，
但那马蹄铁嗒嗒的回声
却响彻天际。
是的，你已经将胜利的
消息，提前告诉了我们。

鹰的诞生和死亡
——你的诞生和死亡都同样伟大

一、孵的标志

在最高的地方，
那是悬崖迎接曙色
唯一国度，
什么也看不见，
只是一个蛋，不会旋转
那无数针孔的门。
没有从前，都是开始，
悬浮的空气和记忆
在转世前已经遗忘。

一块圆滑的石头，
柔软的水的核心，
这是真正胎腹的混沌，
那里是另一个大海
时间涌动着渴望的水，
直到那四肢成形，
心脏的拳头敲击着
未来虔诚的胸膛。

哦，是的，那是你的宇宙，
它的外面是宇宙的宇宙。
穹顶飘落鹅黄色的光，
无法用嘴说出一种意义。
能看见无色无味的瀑布，
尽管没有声音，自上而下

弥漫在思想的周围。

你的呼吸不在内部，
是太阳的光纤
进入了蓝色的静脉。
抽象的一，或者七，
那才是你伟大的父亲，
因为最终孕育的脐带，
都被它们始终握住。

二、天空之心

向太阳致敬，
向天空和无限的
牵引之力致敬……

是你用金属的嘴角，
以诞生和反抗的名义，
用光的铁锤，敲打着
倒立在顶部的砧板。
当你的天体破裂的时刻，
光明见证了你的诞生：
没有风暴的迹象，但白昼的
雷电却在天际隐约地闪现。

你没有出现的时候，
父子连名的古老传统，
就已经为你的到来命名。
当你瞩望浩瀚的星空，
陨石的坠落，就像梦境里
嬉戏的星星那样无常。

或许你还并不了解
生命虚无的全部意义，
但你的出现，却给天空的
心脏，装上了轮子和羽翼。
因为你，天空的高度
才成为其中一种高度，
否则，没有那个黑色的句号，
一分为三的白色只是白色。

时刻与万物保持着
隐秘的对话和情感，
站立在黎明的巢中，
对于你清澈反光的镜子，
那些影像和柔软的思绪，
已经从第三方听到了

你的心跳黑洞的节奏。
对于草原和群山而言，你或许是
一匹马，一种速度，一段久唱不衰
的民歌，然而对于天空
你的存在要大于数字的总和。

三、退隐时间

伟大的高度，才会有
绝对的孤寂，迎着观念的
空无，语言被思想杀死。
有一百种姿势供你选择，
但只有一种姿势是你
盘旋在粒子之上的威仪：
那就是浮动于暂停的时间，

没有前没有后，没有左和右，
没有上没有下，失去了存在。

没有重量循环的影子，
仅仅是飞翔的一种形式。
涡流的气体，划过内部的
薄片，巨大无形的力量
比受益的睡眠还轻。
翅膀上羽毛的镀铜闪亮，
承载着落日血红的余晖。
不能再高，往上是球体的空白，
往下巡视，比线还细的江河
冒着虚拟水晶的白烟。
绿色的森林，不是混合色块，
除了居住在星球外的果实，

你的目光都能捕捉到踪迹。

一片叶子、一只昆虫、迁徙
的蚂蚁，被另类抚摸过的石头，
瞳孔里的映象，被放大了千倍。

目睹过生物间的杀戮，
那是自然法则又非法则，
所有的生命都参与其中，
唯有人类的罪孽尤为深重。

在人迹罕至的崖顶，
每一次出发和归来，
哦，流动的谜一样的灵物，
只留下了空无的气息。

四、守护圆圈

如同守护疆域，
没有丢失过一次阵地，
作为一个物种，
捍卫了自由和生命的
权利……

尽管思想的长矛
被插入了椎骨的肚脐，
但词语构筑的星星和月亮，
仍然站立在肩头。
祖先留下的那副盾牌，
迎击了一次次风暴。

承接过宇宙的巨石，
吮吸传统的谚语，将受伤的
木碗，运往安全的地方。
那是秘密的护身符，
它将从魔鬼和天使的中间
从容不迫地滑翔而过。

将大地和天空的语言，
书写在果实内脏的部位，
如果失去另一半自我，
无疑就已经临近死亡。
紧紧握住磁铁的一端，
否则，将会在失血时倾倒。

从颅骨到坚硬的脚趾，

神枝插满了未知的天幕，
没有名字的星座，部族的祭司
在梦里预言了你最后的死期。

五、葬礼

知道那个时辰已经来临，
它比咒语的速度更要迅捷。
你的眼睛，蓄满黑色之盐，
祖先的绳结套住了脊柱。

这是一件献给不朽未来的
最后的礼物，也是一次
向生命的致敬和道歉。
无须将活着的意义告诫万物，

它们知道的或许还要更多。

哦，天空的道路，已经
呈现出白色的路线，
那是通往死亡的圣殿。
送魂的经文将被重复吟诵，
死亡的仪式在今天
已经超过了诞生的隆重，
而这一切都将独自完成。

朝着落日的位置瞩望，
那里的风速正在改变着
永恒的方向，在更高的地方，
紫色的云朵静止如玻璃。

哦，快看！是你正朝着太阳的位置
迅速地拔高，像一道耀眼的光芒，
羽毛发出咝咝的声音，划破的
空气溅射出疼痛无色的血浆。

你还在拔高，像失控的箭矢，
耗尽最后的力量，力争达到
那个毁灭与虚无的顶点。
是的，你达到了：一声沉闷的爆炸，
在刺眼的光环中，完成了你的
祖辈们都完成过的一件事情。
此时，辽阔的天空一片沉寂，
只有零碎的羽毛还在飘落。

人性的缺失

我在达基沙洛的祖屋里读书，
火塘里的火正在渐渐地熄灭。

这是谁书写的一部历史？
远处的群山似乎也在聆听。

从 1781 年瓦特先生的发明开始，
他们就挥动着旗帜，开着蒸汽机，
带来了巨人般的新世界的动力。
在荒原，在海上，在人类渴望的地方，
当火车高声鸣笛冒出乳白色的气体，
轮船以从未有过的马力破浪前行。

那时，世纪的婴儿发出第一声啼哭，
莱特兄弟的飞机，让多少人的梦想
穿越了无法想象的白色的高度。
哦，人类！为什么不为我们自己取得
的成就而倍感自豪又欣喜若狂呢？
钢铁的速度抵达了人迹罕至的部落，
在送去所谓文明的时候也送去了梅毒，
任何一个被定义为野蛮人生活的区域，
都能听到原始的乐器发出啜泣的声音。

无论是古代希腊，还是我们的时代，
这个星球的历史并非在简单重复，
当我们瞩望浩瀚无垠神秘的星空，
总会在一个瞬间遗忘生命遭遇的不幸，
但酷刑和杀戮却每时每刻仍在发生。

爱迪生的灯光，在圣诞时多么明亮，
那一双双眼睛充满了对新年的期待。
但纳粹的焚尸炉，却用电将还活着的人
连同他们的绝望和恐惧都烧成了灰烬。
其实今日的现实就如同逝去的昨天，
叙利亚儿童在炮火和废墟上的哭声，
并没有让屠杀者放下手中的武器。
这一个多世纪以来人类又拥有了：
原子能，计算机，纳米，超材料，机器人，
基因工程，克隆技术，云计算，互联网，
数字货币，足以毁灭所有生物的武器。

但是面对生命，只是他们具备了杀死对方
更快捷更精准的办法。而人类潜藏的丑恶
却没有因为时间的洗礼发生任何改变。

我在达基沙洛的祖屋里读书，

火塘里的火正在渐渐地熄灭。

叫不出名字的人

什么是人民？就是每天在大街上行色匆忙
而面部表情各异的男人和女人，
就是一个人在广场散步，
因为风湿痛战栗着走路需要扶着手杖，
走出十米也比登天还难的老人。
就是迎风而行，正赶去学堂翩跹而舞的少年，
当然，也是你在任何一个地方，
能遇见的叫不出名字的人，因为你不可能一一认识他们。
人民是一个特殊的用语？还是一个抽象的称谓？
我理解如果没有个体的存在，就不可能有我们
经常挂在嘴边和文章中提到的这个词。
因为人民也许是更宏大的一种政治的表述，

我们说大海的时候，就很像我们在说着人民。
有人说一滴水并不是大海，就如同说他对面那个
人不是人民，这样的逻辑是否真的能够成立？
也许你会说没有一粒粒的沙，
怎么可能形成浩瀚无边的沙漠？
但仍然会有一种观点一直坚持他们的说法：
沙和沙漠就是吹动的风和风中的影子。
对于一滴水，我们也许忽视过它的存在，
当成千上万滴水汇聚成大海的时候，
我们才会在恍然间发现它的价值。
对于人民，我没有更高深复杂的理解，
很多时候它就是那些走出地铁通道为生活奔波
而极度疲乏的人。
就是那些爬上脚手架劳累了一天的人。
还有那些不断看着时间赶去幼儿园接孩子的人。

这些人的苦恼和梦想虽然千差万别，

但他们却有着一个共同的特点：都是最普通的人。

这些人穿过城市，穿过乡村，穿过不同的幸福和悲伤，

他们有时甚至是茫然的，因为生存的压力追赶着他们，

但作为一个人就像大海中的一滴水，当隐没于蓝色，

我们很难从那汹涌澎湃的波涛中找寻到它的踪迹。

正因为此，我才相信一个个鲜活的生命。

石官古道

——致诗人苏轼

车辙留下的痕迹，

已经有一千年。

却有一架缓慢的牛车，

压住了时间深处的罗盘，

让你在风中成为不朽。

但这并不是命运——

对流放者的恩赐和馈赠，

而是诗歌在最后的胜利。

致尼卡诺尔·帕拉[63]

他活着的时候“反诗歌”，
他反对他理应反对的那些诗歌。
反它们与人类的现实毫无关系，
反它们仅仅是抽空了
血液的没有表情的词语，
反它们高高在上凌驾万物
以所谓精神的高度自居，
反空洞无物矫情的抒情，
当然也反那些人为制造的纲领。
他常常在智利的海岸漫步，
足迹在沙滩上留下一串串问号。
他对着天空吐出质疑的舌头

是想告诉我们雨水发锈的味道。

他一直在“反诗歌”，那是因为

诗歌已经离开了我们的灵魂，

离开了不同颜色的人类的悲伤，

这样的状况已经有好长时间。

他“反诗歌”是因为诗歌的

大脑已经濒临死亡，

词语的乳房没有了芬芳的乳汁，

枯萎的子宫再不能接纳生命的种子。

他的存在，就是反讽一切荒诞，

即便对黑色的死亡也是如此。

对生活总是报以幽默和玩笑，

他甚至嘲弄身边移动的棺材，

给一件崭新的衬衣打上补丁。

63 尼卡诺尔·帕拉（Nicanor Parra，1914—2018）：智利最著名的诗人之一，“反诗歌”诗人的领军人物，也是当代拉美乃至整个西班牙语世界最具影响力的诗人之一。

我在新闻上看见有关他葬礼的消息，
在他的棺材上覆盖着一面
还在他的童年时母亲为他缝制的
一床小花格被子，
不是所有的人，都能明白
其中隐含的用意，
实际上他是在向我们宣告：
从这一刻起，他“反死亡”的
另一场游戏已经轰然开始。

一个士兵与一块来自钓鱼城的石头

一座孤城被围得水泄不通
尽管每隔一段间隙就会发起一次攻击
呐喊声，厮杀声，军鼓的喧哗震耳欲聋
伤亡一次比一次惨重，破城的
希望却变得越来越渺茫

这样相持的昼夜已经有一段时间
攻防双方似乎已渐渐习惯了在这
生与死的游戏中被未知凝固的日子

城内的旗幡还在飘扬，高昂
的斗志并没有减弱的迹象

据说他们的水源在城中的最高处
不用害怕被对方找到切断投毒
更不用担心粮食和柴火，已有的储备
完全能让这些守城者支撑数年

城外的围困还在不断加剧
更新的一次进攻也正在组织预谋

这是黄金家族的威力最鼎盛时期
在里海附近刚刚活捉了钦察首领八赤蛮
挥师南下的劲旅已经征服了西南的大理国
长途奔袭的骑手穿越了中亚西亚的丘陵和草原
所向披靡的消息已经抵达遥远的地中海
他们即将与埃及的马木留克王朝
进行落幕前的一场可预见的交战

但在这里所有的进攻都停滞不前
所谓克敌制胜的计划已经变得遥遥无期
两边的士兵都疲劳不堪，战事陷入胶着

就在这样的时候，有一天上午
（如果是下午呢？或者是黄昏的时候呢？）
蒙哥汗[64]又登上了高处的瞭望台
开始观望城里的敌军有何新的情况

同样是那个时辰，在炮台的旁边
有一个士兵远远地看见了在对面的高台上
有一位临风而立的瞭望人正在观望
（如果这个士兵没有接下来的反应，
更没有往下付诸他的行动，是不是

64 孛儿只斤·蒙哥（1209—1259）：大蒙古国第四任大汗，史称“蒙哥汗”，元太祖成吉思汗之孙，1259年在围攻钓鱼城时受伤致死。

会出现另一个完全不同的结果？）

同样在接下来的时间里，这个士兵
如果没有和别的几个士兵将那块石头
从抛石机上准确无误地抛向那个目标
（如果更近了一点，更远了一点，更左了
一点，更右了一点，又会发生什么呢？）

这是一个偶然？还是纯属一个意外？
并不是所有偶然以及意外的出现
都能改写扑朔迷离的历史和命运

那个最早发现瞭望台站着一个人的士兵
他当然不会知道对面那个人究竟是谁
他更不会知道，他和那块普通的炮石

在人类的宿命中扮演了什么样的角色
因为从这里发出的有关大汗死亡的消息
让各路凶悍的首领开始返回久别的故土

我们从正史上只能看到这样的记载：
1259 年一代战神蒙哥汗受伤致死于钓鱼城
上帝之鞭——在这里发生了折断。

但我的歌唱却只奉献给短暂的生命

宝刀，鹰爪的酒杯，坠耳的玛瑙
那是每一个男人与生俱来的喜爱
骏马，缀上贝壳的佩带，白色的披毡
从来都是英雄和勇士绝佳的配饰
重塑生命，不惧死亡，珍惜名誉
并不是所有的家族都有此传承
似乎这一切我都已经具备
然而我是一个诗人，我更需要
自由的风，被火焰洗礼过的词语
黎明时的露水，蓝色无垠的星空
慈母摇篮曲的低吟，恋人甜蜜的呓语
或许，我还应该拥有几种乐器

古老的竖笛，月琴，三叶片的口弦

我的使命就是为这个世界吟唱

诚然，死亡与生命是同样的古老

但我的歌唱却只奉献给短暂的生命

而我们……

诗歌，或许就是最古老的艺术，
伴随人类的时光已经十分久远。
哦，诗人，并不是一个职业，
因为他不能在生命与火焰之间，
依靠出卖语言的珍珠糊口。
在这个智能技术正在开始
并逐渐支配人类生活的时代，
据说机器人的诗歌在不久
将会替代今天所有的诗人。
不，我不这样看！这似乎太武断，
诗人之所以还能存活到现在，
那是因为他的诗来自灵魂，

每一句都是生命呼吸的搏动，
更不是通过程序伪造的情感，
就是诅咒也充满了切肤的疼痛。

然而，诗人，我并不惧怕机器人，
但是我担心，真的有那么一天
当我们面对暴力、邪恶和不公平，
却只能报以沉默，没有发出声音，
对那些遭遇战争、灾难、不幸的人们，
没有应有的同情并伸出宝贵的援手，
再也不能将正义和爱情的诗句，
从我们灵魂的最深处呼之欲出。

而我们，都成了机器人……

诗歌的密语……

彝人为了洁净自己的房子，
总会把烧红的鹅卵石
放在水里以祛除污秽之物，
那雾状的水汽弥漫于空间。
谁能告诉我，是卵石内核的呐喊，
还是火焰自身的力量？或许是
另一种意志在覆盖黑暗的山岩。
我相信神奇的事物，并非一种迷信，
因为我曾看见过，我们部族的祭司
用牙咬着山羊的脖子甩上了屋顶。

罪行，每天都在发生，遍布

这个世界每一个有人的角落。
那些令人心碎的故事告诉我们，
人类积累的道德和高尚的善行，
并不随婴儿的第一声啼哭到来。
然而，当妈妈开始吟唱摇篮曲，
我们才会恍然觉悟，在朦胧中
最早接受的就是诗歌的密语。
哦，是的，罪行还会发生，
因为诗人的执着和奉献，
荒诞的生活才有了意义，
而触手可摸的真实，
却让我们通往虚无。

暮年的诗人

请原谅他，就是刻骨铭心，
也不能说出她们全部的名字。
那是山林消失的鸟影，
云雾中再找不到踪迹。
那是时间铸成的大海，
远去的帆影隐约不见。
那是一首首深情的恋歌，
然而今天，只有回忆用独语
去沟通岁月死亡一般的沉默。
当然还有那些闪光的细节，
直到现在也会让他，心跳加速
双眼含满无法抑制的泪水。

粗黑油亮长过臀部的两条辫子。

比蜂蜜更令人醉心销魂的呼吸。

没有一丝杂质灵动如水的眼睛。

被诗歌吮吸过的粉红色的双唇。

哦，这一切，似乎都遗落于深渊，

多少容颜悄悄融化在失眠的风里。

哦，我们的诗人，他为诗奉献

了爱情，而诗却为他奉献了诗。

请原谅他，他把那些往事

都埋在了心底……

致父辈们

他们那一代人，承受
过暴风骤雨的考验。
在一个时代的巨变中，
有新生，当然也有的沉沦。
他们都是部族的精英，
能存活下来的，也只是
其中幸运的一部分人。

他们是传统的骄子，能听懂
山的语言，知晓祖先的智慧。
他们熟悉词根本身的含义，
在婚庆与葬礼不同的场所，
能将精妙的说唱奉献他人。

他们还在中年的时候，

就为自己做好了丧衣，

热爱生活，却不惧怕死亡。

他们是节日和聚会的主角，

坐骑的美名被传颂到远方。

他们守护尊严，珍惜荣誉，

有的人……就是为了……证明

存在的价值，而结束了生命。

与他们相比，我们去过

这个世界更多的地方。

然而，当我们面对故土，

开始歌唱，我们便会发现，

他们比我们更有力量。

我们丢失了自我，梦里的

群山也已经死亡……

姐姐的披毡

如果是黑色遭遇了爱情。
最纯粹的国度，飘浮于藏蓝
幽深的夜空。哦，姐姐，那是你的梦？
还是你梦中的我？我不明白，
是谁创造了这比幻想更远的现实？
那还是在童年的时候，奇迹就已出现
仿佛今天又重现了这个瞬间。

原谅我，已想不起过去的事情，
纵然又看见姐姐披着那件披毡，
但那只是幻影，不再属于我，
它是另一个人，遗忘的永恒。

口弦大师
——致俄狄日伙[65]

是恋爱中的情人，才能
听懂你传递的密语？还是
你的弹奏，捕获了相思者的心？
哦，你听！他彻底揭示了
男人和女人最普遍的真理。
每拨弹完一曲，咧嘴一笑，
两颗金牙的光闪耀着满足。
无论是在仲夏的夜晚，或是
围坐于漫长冬日的火塘，
口弦向这个世界发出的呼号，
收到了一个又一个的回应。

65 俄狄日伙：凉山彝族聚居区布拖一民间音乐传承人。

俄狄日伙说，每一次

弹奏，就是一次恋爱，

但当爱情真的来临，却只有

一个人能破译他的心声……

印第安人

——致西蒙·奥迪斯[66]

西蒙·奥迪斯对我说："他们称呼
我们是印第安人，但我告诉他们，
我们不是……是阿科马族人。"

是的，在他们所谓发现你们之前，
你们祖祖辈辈就已经生活在那里。

那时候，天空的鹰眼闪烁着光。
大地涌动生殖的根。
太阳滚过苍穹古铜的脊梁，

66 西蒙·奥迪斯：生于1941年，美国当今健在的最著名的印第安诗人，被称为印第安文艺复兴运动中的旗手，曾获得原住民作家社团颁发的终身成就奖。

时间的巨臂，伸向地平线的尽头。

那时候，诸神已经预言，
苍鹭的返回将带回喜讯。
而在黎明无限苍茫的曙色里，
祭司的颂词复活了死灭的星辰。

把双耳紧贴大地的胸膛，
能听见，野牛群由远及近的轰鸣，
震颤着地球渴望血液的子宫。

在那群山护卫的山顶，
酋长面对
太阳，
繁星，

河流

和岩石，

用火焰洗礼过的

诗句，告诉过子孙——

“这是我们的土地”。

西蒙·奥迪斯，不要再去申明

你们不是印第安人。

据说土地的记忆

要远远超过人类的历史。

地球还在旋转，被篡改的一切

都会被土地的记忆恢复，

神圣的太阳，公正的法官

将在时间的法庭上做出裁决。

谁是这个世界的中心？任何时候

都不要相信他们给出的结论。

尼子马列[67]的废墟

已看不出这里曾经有过的繁华，
正在抽穗的玉米地也寂静无声。
山梁对面的小路早被杂草覆盖，
我们的到来，并非要惊醒长眠的祖先。
那是因为彝人对自己的祖居地，
时常怀有刻骨铭心的思念和热爱。
在我们的史诗记载迁徙的描述中，
关于命运的无常，随处都能读到，
难怪在先人生活过的每一个地方，
都会油然而生一种英雄崇拜的情感。
哦，沉默的落日，你伟大的叹息
甚至超过了刺向祭祀之牛脖颈流出的血，

67 尼子马列：诗人母亲故乡一彝语地名。

物质的毁灭，我们知道，谁能抗拒？
那自然的法则，就守候在生和死的隘口。

因此我才相信，生命有时候要比
死亡的严肃更要可笑。至于死亡
也许就是一个假设，我们熟谙的
某种仪式，完全属于另一个世界。

千万不要告诉那些
缺少幽默感的人，
因为我们在死亡的簿册上，
找到了一个与他相同的名字。

我曾看见……

我曾看见，在那群山腹地
彝人祭司完成的一次法事。
他的声音，虽然低沉浑厚，
却能穿透万物，弥漫天地。
这样的景象总会浮现于脑海。
为了祈福，而不是诅咒，
火光和青烟告诉了所有的神灵。
牛皮的幻影飘浮于天空，
唯有颂词徐徐沉落于无限。

暴力，不在别处，它跟随人
去过许多地方，就在昨天

还在叙利亚争抢儿童的血。

所谓道义和人权，或许只是

他们宣言中用烂了的几个词。

然而，对于不同的祈福，

我们都应报以足够的尊重，

他们让我们在那个片刻

忘记了暴力和世界的苦难。

诗人

诗人不是商业名星，也不是
电视和别的媒体上的红人。
无须收买他人去制造绯闻，
在网络空间树立虚假的对手，
以拙劣的手段提高知名度。
诗人在今天存在的理由，
是他写出的文字，无法用
金钱换算，因为每一个字
都超过了物质确定的价值。
诗人不是娱乐界的超人，
不能丢失心灵之门的钥匙。
他游走于城市和乡村，

是最后一个部落的酋长。

他用语言的稀有金属，

敲响了古老城市的钟楼。

诗人是一匹孤独的野马，

不在任何一个牧人的马群，

却始终伫立在不远的地方。

合唱队没有诗人适合的角色，

他更喜欢一个人的时候独唱。

诗人是群体中的极少数，

却选择与弱者站在一边，

纵使遭受厄运无端的击打，

也不会交出灵魂的护身符。

诗人是鸟类中的占卜者，

是最早预言春天的布谷。

他站在自己建造的山顶，

将思想的风暴吹向宇宙。

有人说诗人是一个阶级，

生活在地球不同的地方。

上苍，让他们存活下去吧，

因为他们，没有败坏语言，

更没有糟蹋过生命。

犹太人的墓地

那是犹太人的墓地，我在华沙、
布加勒斯特、布达佩斯和布拉格
都看见过。说来也真是奇怪，
它们给我留下了极为深刻的印象。
是墓园的布局吗？当然不是。
还是环境的不同？肯定也不对，
因为欧洲的墓园大同小异。
后来在不经意中我才发现，虽然
别的地方也有失修的墓室，待清的杂草，
但没有犹太人的墓地那样荒芜。
到处是倾斜的碑石，塌陷的地基，
发黑的苔藓覆盖了通往深处的路径。

我以为死亡对人类而言，时刻都会发生，
而后人对逝者的追忆，寄托哀思，
到墓地去倾诉，或许是最好的选择。

我在东欧看见过许多
犹太人的墓地，它们荒芜而寂寥。
这是何种原因，我问陪同的导游，
在陷入片刻的沉默后，才低声说：
“他们的亲人，都去了奥斯维辛[68]，
单程车票，最终没有一个回来。”

我在东欧看见过许多
犹太人的墓地。我终于知道，

68 奥斯维辛：纳粹德国时期建立在波兰小城奥斯维辛的集中营，大约有 110 万人在这一集中营被杀害，其中绝大部分是犹太人。

天堂或许只是我们的想象，

而地狱却与我们如影相随。

何塞·马里亚·阿格达斯[69]

我的血液来自那些巨石，

它让我的肋骨支撑着旋转的天体。

太阳的影子

以长矛的迅疾，

降落节日的花朵。

我，何塞·马里亚·阿格达斯，

秘鲁克丘亚人，一个典型的土著。

我的思想、意识和行为方式，

与他们格格不入。

因为我相信，我们的方式

69 何塞·马里亚·阿格达斯：生于1911年，秘鲁当代著名印第安人小说家、人类学家，原住民文化的捍卫者，1969年自杀身亡。

不是唯一的方式，

只有差异

才能通向包容和理解。

所以，我才要捍卫

这种方式，

就是用生命

也在所不惜。

我的身躯被羊驼的绒毛覆盖，

在安第斯山蜜蜂嗡鸣的牧场。

当雄鹰静止于

时间，

风，

吹拂着

无形的

生命的排箫。

那是我们的声音

穿越了无数的世纪，

见证过

血，

诞生和

毁灭。

那是我们河流的回声，

它的深沉和自由

才铸造了

人之子的灵魂。

也因为此，我们才

选择了：

在这片土地上生，

在这片土地上死。

哦，未来的朋友

这不是我的遗言。

我不是那只山上的狐狸，

它的奔跑犹如燃烧的火焰。

也不是那只山下的狐狸，

它的鸣叫固然令人悲伤。

但我要告诉大家的是：

我，何塞·马里亚·阿格达斯，

并非死于贫穷

而是自杀。

没有别的原因，

只是我不愿意看到，

我的传统——

在我活着的时候

就已经死亡。没有别的原因，

这并不复杂。

悼胡安·赫尔曼[70]

你在诗中说我

将话语抛向火，是为了

在赤裸的语言之家里，

让火继续燃烧。

而你却将死亡，一次次

抛向生命，抛向火。

你知道邪恶的缘由，

最重要的是，你的声音

动摇过它的世界。

没有诅咒过生活本身，

却承受了所有的厄运。

你走的那一天，据说在

墨西哥城，有一片天堂的叶子

终于落在了你虚空的肩上。

70 胡安·赫尔曼（1930—2014）：当代阿根廷著名诗人，同时是拉丁美洲最伟大的诗人之一，2007 年塞万提斯文学奖获得者。

自由的另一种解释

让我们庆祝人类的又一次解放，
在意志的天空上更大胆地飞翔。
从机器抽象后的数据，你将阅读我，
而我对你而言，只是移动的位置。
我的甜言蜜语，不再属于一个人，
如果需要，全人类都能分享。
今天这个世界发生了什么，
我们都能在第一时间知晓。
而我，在地球的任何一个地方，
亲爱的，谢天谢地，你都
尽管可以把我放心地丢失，
再玩一次猫捉老鼠的游戏。

第二辑　文学演讲和随笔

寻找另一种声音

从我走上文学道路的那一天开始，我就从未停止过对外国文学的学习。可以这样说，作为一个彝族诗人，是人类的多种文化养育了我，在这其中有彝民族丰富的传统文学，特别是史诗、神话和浩如烟海的歌谣，有汉民族中优秀的古典文学及“五四”以来让人为之侧目的现代文学，当然还有我要在这篇文章中谈到的外国文学。我常常在内心深处充满一种感激之情，那就是我要感谢这些生活在不同地域的作家和诗人，是他们的作品给我带来过无穷的快乐，同样也是他们的作品给我带来过莫名的忧伤。因为他们的存在，我才真正认识了这个世界。这些生活在不同国度，属于不同种族的文学大师们，创造了一个又一个文学奇迹。不少民族和地区，因为一个重量级作家和诗人的出现，而备受世人的关注，有的甚至成为关注一个民族文化和生存方式的焦点。在我的阅读记忆中，这些曾经影响过我的文学大师们，从来就没有离开过我，哪怕是短暂地离开。他们就像一组抹不去的镜头，时不时地浮现在我的脑海。他们好像已经成为某种具有神性的东西，对于我的日常生活和创作来说，他们的启示就如同上帝。说句心里话，我在这里无法一一写出他们全部的名字，如果要写，那一定会占去大量的篇幅。不过有一点可以肯定，这些大师和他们不朽的作品，已经成为我精神世界中最重要的一个部分。因此，今天我要在这篇文章中提到一些我所爱的作家和诗人。但也有一些我同样热爱的作家和诗人，将因为篇幅的原因被令人遗憾地舍去。我想这个遗憾，只好今后再寻找机会弥补了。

我最早读到的外国文学作品，是俄罗斯诗人普希金的作品。那还是在 1976 年，诗集是戈宝权先生翻译的。在那个年代要读到一本普希金的诗集，说实在的，那真是一件难以想象的事情，更何况我当时生活的地方是一个偏僻的民族地区。我至今还记得第一次读普希金的《纪念碑》时我的激动和震撼，那是终生难忘的。普希金在诗中写道：“在这残酷的世纪，我歌颂过自由，并且为那些不幸的人们祈求过怜悯和同情。”毋庸讳言，作为一个求知的少年，是普希金第一次告诉了我什么是自由，使我第一次懂得了自由对于人来说是何等重要。普希金式的人道主义精神和良知奇迹般地唤醒了我沉睡的思想和灵感，从此我开始关注这个世界上一切弱势群体的生存权和发展权。当然也还是因为普希金，我明白了一个道理，那就是一个真正有良知的民族诗人，命运让他选择的绝不是享乐和鲜花，而应该是也必须是多舛的人生及生活的苦难。我想，对于普希金，俄罗斯著名女诗人安娜·阿赫玛托娃的认识是最为深刻的，她在一首题为《普希金》的短诗中这样写道：“有谁懂得什么是光荣/他用了多大代价/才赢得这权力、天赋和可能……”这说明诗人的“光荣”，是要付出代价的，有时甚至要献出自己最宝贵的生命。写到这里，我最想说的是，我曾经无数次回望人生，有许多事情都已随着时间的消逝而被淡忘，但是每当我想起普希金和他那感人至深的诗句，我就会想到自己寂寞而又忧郁的少年时代，是普希金的诗歌慰藉了我忧伤的心灵。也就是从那个时候起，我做起文学梦，立志成为一个彝民族的诗人。

在我的阅读经历中，接触到黑人文学，无疑是一件重要的事情。是黑人文学促使我开始思考民族性与文学本身的关系，尤其是黑人意识对我产生了重大影响。哈莱姆的文艺复兴说明了一个问题，黑人文学在世界文坛所代表的根本意义，是在精神方面而非在地理名词上。评论家杜波依斯写了《黑人的灵魂》，正式拉开了一场政治与文化的革命。这期间重要的作品有赖特的《土生子》、埃里森的《看不见的人》、鲍德温的《向苍天呼吁》、休斯的《莎士比亚在哈莱姆》等。特别是出生于马提尼克岛的塞泽尔和出生于塞内加尔的桑戈尔，他们提出的“黑人性”是黑人价值观复兴运动的核心，是对黑人和其文化的英勇主张。可以这样说，是黑人文学给了我自信，同样也是黑人文学，让我一次又一次地走进了黑人的精神世界。塞内加尔著名法语诗人桑戈尔是一位大师级的诗人，他的作品充满着祖先的精神，其诗歌的语言仿佛就是非洲大地上祭司的梦呓和祈祷。这是一种对于我来说，既感亲切又感到有无穷生命力的文学，它就像一股电流穿透了我的全身。坦率地讲，我在非洲裔美国黑人作家和非洲本土黑人作家中遇到的心灵共振是最多的。黑人现代文学，是20世纪一个重要的文学现象，虽然其中情况复杂，涉及面异常的广，但是有不少作家和诗人的作品，就今天的世界文学而言也已经成为公认的经典。过去一些有偏见的人都把非洲称为“黑暗大陆”，总是想到他们毫无历史和文化，改变这种被中伤的印象，就成为后殖民独立年代之后一切有责任感和独立思考的黑人作家和诗人的重要使命。这些作家和诗人，几乎从一开始就在力图摆脱欧洲文化中心主义的影响。他们从黑人文化中汲取灵感，把源于他们祖先流传的神话历史、神圣的语言及残酷的现实生活，都完整地融入了自己的创作，是他们划时代地把一个真实的非洲和黑人的灵魂呈现给世人。尼日利亚作家阿契贝的《神箭》《动荡》等小说，尼日利亚戏剧家、诗人索因卡的《森林之舞》等戏剧，都曾经给我带来过难以估量的影响。非洲裔美国黑人文学和非洲本土黑人文学，在如此短暂的时间内取得这样辉煌的成就，是一件不可思议的事情，然而它就像一个梦，终于在黎明前变成了现实。在这里我为什么要再三提到黑人文学呢？这是因为黑人文学从根本上改变了我对文学的价值判断。我对彝民族本土文化的真正关注，也是从那个时候开始的。黑人文学的复兴，为这个世界上一切弱势群体的文学如何发展提供了前所未有的示范。为此，在这个多元文化并存的时代，我们有理由也应该向这些伟大的黑人作家和诗人们致敬，是他们创造了一个现代神话，使生活在这个世界上的人们更加关心别人的命运，关心不同文明和文化的共存。同时，黑人文学的经典还向我们证明了一个事实，如果你的作品从一个民族的身上揭示了深刻的人性和精神本质，那么你的作品也一定是具有人类性的。我从内心感激这些黑人精英们，还因为他们让我懂得了人的权利是什么，那就是人的尊严和人的价值是同等的重要，在这个世界上每一个民族都有生存和发展的权利，每一个民族的文化都是不可替代的。

在谈黑人文学这个话题的时候，我想还有一个话题是不能回避的，那就是拉丁美洲文学对我的巨大影响。我对拉丁美洲文学的注意和阅读，似乎也是一件非常自然的事情。那还是 1980 年年初，当时加西亚·马尔克斯还没有获得诺贝尔文学奖。说实在的，当时的中国文学界对拉丁美洲文学的关心远不如现在。我知道拉美作家和诗人的作品是从智利的国际诗人巴勃罗·聂鲁达开始的。后来我又陆续读到胡安·鲁尔福的《佩德罗·巴拉莫》、马尔克斯的《百年孤独》、卡彭铁尔的《人间王国》、阿连德的《幽灵之家》等作品。就像黑人文学对我产生的巨大震撼力一样，拉丁美洲文学同样震撼了我，正如《阿尔特米奥·克罗斯之死》的作者、墨西哥小说家富恩特斯所说的，拉丁美洲仍是文学的新世界，是新的想象力发现的航路所通往的地方。当我阅读墨西哥超现实主义诗人帕斯的《孤独的迷宫》时，我才真正感觉到，拉丁美洲的作家和诗人，在自己所实践的一切艺术探索背后，其实隐含了独特的社会、历史与政治的架构。可以这样说，中南美洲的作家和诗人，对于政治的兴趣要超过世界上任何一个地方的作家和诗人。他们的作品无论幻想的成分有多大，但是现实主义的精神却从未丧失过。许多人都认为拉丁美洲文学对世界文学做出的最大贡献，就是拉丁美洲的作家和诗人，用他们的笔复活了一个神奇的大陆，而他们的作品大都呈现出史诗的磅礴气势。最让我感动的是拉丁美洲作家和诗人的人道主义精神，他们从来就没有无视过身边发生的一切，面对拉丁美洲发生的屠杀、饥饿、流血和苦难时，他们选择的不是逃避，而是勇敢地站在人民和时代的最前列。也只有拉丁美洲这样苦难的大陆才会孕育出巴列霍、卡德纳尔、阿塔瓦尔帕·尤潘基这样的诗人和歌手。他们的诗歌给古老的西班牙语注入了新鲜的血液，为创造新的拉丁美洲诗歌，揭示了无限的可能性。因为他们的存在，人类再一次证明了一个事实，那就是对民主、自由和正义的追求，将永远不会停止。

是的，在这里我还想说的是，因为伟大的拉丁美洲魔幻现实主义文学，我重新树立了我的文学观念，从自己民族的集体无意识中找到了历史、神话和传说的来源。它使我相信彝民族万物有灵的哲学思想是根植于我们的古老历史的。我们对自己赖以生存的土地、河流、森林和群山都充满着亲人般的敬意。在我们古老的观念意识中，人和大自然的一切都是平等的。还是因为伟大的拉丁美洲魔幻现实主义文学的典范作用，我们从来没有像今天这样重视，我们彝民族文化和文字的传承者、祭司——毕摩。最后，请允许我在这里承认，是人类不同地域和不同特质的多民族文学共同养育了我。对于那些曾经用他们的文学乳汁哺育过我，而至今仍然在给我力量和信心的不同种族的文学巨匠和大师们，我对他们的热爱和敬意将是永远的。

诗人的个体写作与人类今天所面临的共同责任

——寄往第二十一届麦德林诗歌节暨首届全球国际诗歌节主席会议的书面演讲

作为一种最古老的艺术形式，诗歌已经伴随着人类走过了漫长的生命岁月。诚然，这种古老的艺术形式，已经成为我们生命中不可分割的一个部分，但诗歌作为一种真正意义上的精神存在，它却从未停止过给人类饥渴的心灵输出历久弥新的甘泉和营养。当然诗歌本身作为一门写作艺术，它的艺术形式在不同民族诗歌传统中的创新，已经是人类的诗歌史上一个已被证明的、毋庸置疑的真理，否则诗歌的生命就不会延续到今天。

回望人类的历史，我们不敢想象，如果没有诗歌这一人类古老的艺术，世界各民族的心灵史将会怎样去书写，而人类的精神生活又将是何等贫乏和残缺。在这里，我想强调的是，无论对于人类而言，还是对于写作诗歌的诗人个体而言，诗歌都是存活在人类精神领域里的一种生命形式，它是光明的引领者，它代表着正义和良知，在许多古老的民族中间，诗人所承担的角色，就是这个民族的祭司和精神首领。伟大的意大利诗人但丁，到了21世纪的今天，他同样还是意大利精神领域里最伟大的象征和支柱。

我想也正因为如此，诗人的写作才不是一种所谓的职业，把写诗说成一种职业，我认为这是可笑的行为。从人类伟大的诗歌史中我们可以看到，诗人更像是一个角色，他是精神的代言人，通过自己充满灵性的写作，力求与自己的灵魂、现实乃至世间的万物进行深度对话。难怪在我生活的高原和民族之中，诗人被认为是那些被神所选择的具有灵性的人，他们神奇的天赋及语言和思想，也被认为是神传授给他们的。

其实这不难理解，在许多古老的原始民族的思维里，这已经是一个被普遍认同的对诗人的判断和认知。诗人在许多时候，不仅是精神和良心的化身，他甚至还是道德的化身。当代诗人布罗茨基在评论他的前辈曼德尔斯塔姆及俄罗斯白银时代的诗人们时曾这样说，因为他们，聋哑的宇宙、沉默的历史发出了诗的声音——而这，就是“我们的神话”，是诗和诗人存在的意义。

我一直认为，诗歌的写作，就是诗人在不断发现我是谁，就是在不断揭示内心的隐秘，同时他又在通过一个又一个瞬间的感受来呈现现实的真相。总之，诗人只要活着，他都在生与死、存在和虚无及个体生命所要经历的一系列冲突中，去回答似乎是宿命里已经安排好的所有命题，诗人理解这个世界的最好方式，就是那些来自他灵魂的诗歌。

可是各位同行，今天在这里，我想倡导并提醒大家关注一个事实，那就是在全球化背景下，在这个被资本、技术和网络统治的时代，人类面临着许多共同的生存危机，如何控制核威胁、消除饥饿与疾病、遏制生态破坏、保护生物多样性和文化多样性等，已经到了一个刻不容缓的时刻。今天的人类所面临的共同威胁，其严重程度是过去历史上从未有过的。我们这个时代的许多智者，当然也包括我们的诗人，都在思考和忧虑人类的命运，人类将走向何处？特别是在后工业化时代，人类今天的发展方式是一种进步，还是倒退？显然这些无法回避的问题，都需要我们的诗人做出回答。

在我们这个危机和希望并存的时代，诗人不应该只沉湎于自己的内心，他应该成为，或者必须成为这个时代的良心和所有生命的代言人。需要说明的是，我们对诗人作为个体生命的独立写作，必须给予充分的尊重，而诗人如何去表达其内心的感受并克服其自身的危机，都将是诗人个人的自由。特别是在当下这个物质主义盛行的世界，诗歌依旧是人类心灵的庇护所这一基本事实并未改变，而诗歌应该在提高和增进人类精神重构方面有所作为。诗人是人类伟大文明最忠实的儿子，我相信，今天仍然生活在这个地球上不同地域的诗人，为了促进世界的和平、加强不同文化之间的沟通与对话，都将发挥出永远不可被替代的重要作用。

个人身份·群体声音·人类意识

——在剑桥大学国王学院徐志摩诗歌艺术节论坛上的演讲

十分高兴能来到这里与诸位交流，这对于我来说是一件十分荣幸的事。虽然当下这个世界被称为全球化的世界，网络基本上覆盖了整个地球，资本的流动也到了几乎每一个国家，就是今天看来十分偏僻的地方，也很难不受到外界最直接的影响。但是，这样我们就能简单地下一个结论，认为人类之间的沟通和交流就比历史上的其他时候都更好吗？很显然，在这里，我说的是一种更为整体的和谐与境况，而沟通和交流的实质是要让不同种族、不同宗教、不同阶层、不同价值观的群体及个人，能通过某种方式来解决共同面临的问题，但目前的情况却与我们的愿望和期待形成了令人不安的差距。进入21世纪后的人类社会，伴随着科学和技术革命所取得的一个又一个重大的胜利，但与此同时出现的就是极端宗教势力的形成，以及在全世界许多地方都能看见的民族主义的盛行，各种带有很强排他性的狭隘思想和主张被传播，恐怖事件发生的频率也越来越高。就连英国这样一个倡导尊重不同信仰多元文化的国家，也不能幸免遭到恐怖袭击。2017年以来已经发生了四起袭击。虽然这一年还没有过去，但已经是遭到恐怖袭击最多的一年。正因为这些新情况的出现，我才认为必须就人类不同种族、不同宗教、不同阶层、不同价值观群体的对话与磋商建立更为有效的渠道和机制。毫无疑问这是一项十分艰巨而棘手的工作，这不仅仅是政治家们的任务，它同样是当下人类社会任何一个有良知和有责任的人应该去做的。是的，你们一定会问，我们作为诗人，在今天的现实面前应当发挥什么作用呢？这也正是我想告诉诸位的。很长一段时间，有人怀疑过诗歌这一人类最古老的艺术形式，是否还能存在并延续下去，事实已经证明，这种怀疑完全是多余的，因为持这种观点的人大都是技术逻辑的思维，他们只相信凡是新的东西就必然替代老的东西，而从根本上忽视了人类心灵世界对那些具有恒久性质并能带来精神需求的艺术的依赖，毋庸置疑，诗歌就在其中。无须讳言，今天的资本世界和技术逻辑对人类精神空间的占领可以说无孔不入，诗歌很多时候处于社会生活的边缘地带。可是任何事物的发展总有其两面性，所谓“物极必反”讲的就是这个道理。令人欣慰的是，正当人类在许多方面出现对抗，或者说出现潜在对抗的时候，诗歌却奇迹般地成为人类精神和心灵间进行沟通的最隐秘的方式，诗歌不负无数美好善良心灵的期望，跨越不同的语言和国度，进入另一个本不属于自己的空间，在那个空间里，无论是东方的诗人还是西方的诗人，无论是犹太教诗人还是穆斯林诗人，总能在诗歌所构建的人类精神和理想的世界中找到知音和共鸣。

创办于2007年的中国青海湖国际诗歌节，在近十年的过程中给我们提供了许多弥足珍贵的经验和启示，有近千名的各国诗人到过那里，就许多共同关心的话题展开了自由的讨论。在那样一种祥和真诚的氛围中，我们深切体会到了诗歌本身所具有的强大力量。特别是我有幸应邀出席过哥伦比亚麦德林国际诗歌节，我在那里看到了诗歌在与之严重对立的社会和公众生活中所起到的重要作用。在长达半个多世纪的哥伦比亚内战中，有几十万人死于战火，无数的村镇生灵涂炭，只有诗歌寸步也没有离开过他们。如果你看见数千人不畏惧暴力和恐怖，在广场上静静地聆听诗人们的朗诵，尤其是当你知道他们中的一些人，徒步几十里来到这里就是为了聆听诗歌，作为一个诗人，难道在这样的时刻，你不会为诗歌依然在为人类迈向明天提供信心和勇气而自豪吗？回答当然是肯定的。诸位，我这样说绝不是试图去拔高诗歌的作用，从世俗和功利的角度来看，诗歌的作用更是极为有限的，它不能直接去解决人类面临的饥饿和物质匮乏，比如肯尼亚现在就面临着这样的问题；同样它也不能立竿见影让交战的双方停止战争，今天叙利亚悲惨的境地就是一个例证。但是无论我们怎样看待诗歌，它并不是在今天才成为我们生命中不可分割的部分，它已经伴随我们走过了人类有精神创造以来全部的历史。

诗歌虽然具有其自身的特点和属性，但写作者不可能离开滋养他的文化的影响，特别是在这样一个全球化的背景下，同质化成为一种不可抗拒的趋势。诚然诗歌本身所包含的因素并不单一，甚至在形而上的哲学层面上，它更被看重的还应该是诗歌最终抵达的核心及语言创造给我们所提供的无限可能，为此诗歌的价值就在于它所达到的精神高度，就在于它在象征和隐喻的背后传递给我们的最为神秘的气息，真正的诗歌要在内容和修辞诸方面都成为无懈可击的典范。撇开这些前提和要素，诗人的文化身份及对于身份本身的认同，对许多诗人而言，似乎已经成了外部世界对他们的认证，因为没有一个诗人是抽象意义上的诗人，哪怕就是保罗·策兰那样的诗人，尽管他的一生都主要在用德语写作，但他在精神归属上还是把自己划入犹太文化传统的范畴。当然任何一个卓越诗人的在场写作，都不可能将这一切图解成概念进入诗中。作为一个有着古老文化传统彝民族的诗人，从我开始认识这个世界，我的民族独特的生活方式及精神文化就无处不在地深刻影响着我。彝族不仅在中国是最古老的民族之一，就是放在世界民族之林中，可以肯定也是一个极为古老的民族，我们有明确记载的两千多年的文字史，彝文的稳定性同样在世界文字史上令人瞩目，直到今天这一古老的文字还在被传承使用。我们的先人曾创造过光辉灿烂的历法“十月太阳历”，对火和太阳神的崇拜，让我们这个生活在中国西南部群山之中的民族，除了具有火一般的热情之外，其内心的深沉也如同山中静默的岩石。我们还是这个人类大家庭中保留创世史诗最多的民族之一，《勒俄特依》

《阿细的先基》《梅葛》《查姆》等，抒情长诗《我的幺表妹》《呷玛阿妞》等，可以说就是放在世界诗歌史上也堪称艺术经典，浩如烟海的民间诗歌，将我们每一个族人都养育成了与生俱来的说唱人。毫无疑问一个诗人能承接如此丰厚的思想和艺术遗产，其幸运是可想而知的。彝族是一个相信万物有灵的民族，对祖先和英雄的崇拜，让知道它的历史和原有社会结构的人会不由自主地联想到荷马时代的古希腊，或者说斯巴达克时代的生活情形，近一二百年彝族社会的特殊形态，一直奇迹般地保存着希腊贵族社会的遗风，这一情形直到20世纪50年代才发生了改变。诗人的写作是否背靠着一种强大的文化传统，在他的背后是否耸立着一种更为广阔的精神背景，我以为对他的写作将起到至关重要的作用。正因如此，所有真正从事写作的人都明白一个道理，诗人不是普通的匠人，他们所继承的并不是一般意义上的技艺，而是一种只能从精神源头才能获取的更为神奇的东西。在彝族的传统社会中，并不存在对单一神的崇拜，而是执着地坚信万物都有灵魂，彝族的毕摩是连接人和神灵世界的媒介，毕摩也就是所谓萨满教中的萨满，就是直到今天他们依然承担着祭祀驱鬼的任务。需要说明的是，当下的彝族社会已经发生了很大的变化，在其社会意识及精神领域中，许多外来的东西和固有的东西都一并存在着，彝族也像这个世界上许多古老民族一样，正在经历一个前所未有的现代化的过程。这其中所隐含的博弈和冲突，特别是如何坚守自身的文化传统及生活方式，已经成了一个十分紧迫而必须要面对的问题。我说这些你们就会知道，为什么文化身份对一些诗人是如此的重要。如果说不同的诗人承担着不同的任务和使命，有时候并非他们自身的选择。我并不是一个文化决定论者，但文化和传统对有的诗人的影响的确是具有决定意义的。在中外诗歌史上这样的诗人不胜枚举，20世纪爱尔兰伟大诗人威廉·巴特勒·叶芝，被誉为“巴勒斯坦骄子”的伟大诗人默罕默德·达尔维什等人，他们的全部写作及作为诗人的形象，在很大程度上已经成为一个民族的精神标识和符号。如果从更深远的文化意义上来看，他们的存在和写作整体呈现的更是一个民族幽深厚重的心灵史。诚然，这样一些杰出的天才诗人，最为可贵的是他们从来就不是为某种事先预设的所谓社会意义而写作，他们的作品所彰显的现实性完全是作品自身诗性品质的自然流露。作为一个正在经历急剧变革的民族诗人，我一直把威廉·巴特勒·叶芝、巴勃罗·聂鲁达、塞萨尔·巴列霍、默罕默德·达尔维什等人视为我的楷模和榜样。在诗人这样一个特殊的家族中，每一个诗人都是独立存在的个体，但这些诗人中间总有几个是比较接近的，当然这仅仅是从类型的角度而言，因为从本质上讲，每一个诗人个体就是他自己，谁也无法代替他人，每一个诗人的写作其实都是他个人生命体验和精神历程的结晶。

在中国，彝族是一个有近900万人口的世居民族，我们的先人数千年来就迁徙游牧在中国西南部广袤的群山之中。那里山峦绵延，江河纵横密布，这片土地上的自然遗产和文化精神遗产，是构筑这个民族独特价值体系的基础，我承认我诗歌写作的精神坐标都建立在这个我所熟悉的文化之上。成为这个民族的诗人也许是某种宿命的选择，但我更把它视为一种崇高的责任和使命。作为诗人个体发出的声音，应该永远是个人性的，它必须始终保持独立鲜明的立场。但是一个置身于时代并敢于迎接生活激流的诗人，不能不关注人类的命运和大多数人的生存状况。从他发出的个体声音背后，我们应该听到的是群体和声的回响。我以为只有这样，诗人个体的声音才会更富有魅力，才会更有让他者所认同的价值。远的不用说，与20世纪中叶许多伟大的诗人相比较，今天的诗人无论是在精神格局，还是在见证时代生活方面，都显得日趋式微。这其中有诗人自身的原因，也有社会生存环境被解构的、更加碎片化的因素。当下的诗人最缺少的还是荷尔德林式的，对形而上的精神星空的叩问和烛照。是否具有深刻的人类意识，一直是评价一个诗人是否具有道德高度的重要尺码。

朋友们，我是第一次踏上英国的土地，也是第一次来到闻名于世的剑桥大学，但是从我能开始阅读到今天，珀西·比希·雪莱、乔治·戈登·拜伦、威廉·莎士比亚、伊丽莎白·芭蕾特·布朗宁、弗吉尼亚·伍尔芙、狄兰·托马斯、威斯坦·休·奥登、谢默斯·希尼等，都成了我阅读精神史上不可分割并永远感怀的部分。最后，请允许我借此机会向伟大的英语世界的文学源头致敬。因为这一语言所形成的悠久的文学传统，毫无疑问已经成为这个世界文学格局中最让人着迷的一个部分。

另一种创造：从胡安·鲁尔福到奥克塔维奥·帕斯

——在北大中墨建交45周年文学研讨会上的演讲

当我在这里说到胡安·鲁尔福、奥克塔维奥·帕斯的时候，我便想到一个关键词：创造，或者用一句更妥帖的话来说是：另一种创造。我想无论是在墨西哥文学史上，还是在拉丁美洲文学史上，甚至扩大到整个20世纪的世界文学史，胡安·鲁尔福和奥克塔维奥·帕斯都是两个极充满了神秘并具传奇色彩的人物。

最有意思的是，与这样充满了传奇又极为神秘的人物在精神上相遇，不能不说从一开始就具有某种宿命的味道。首先，让我先说说我是如何认识胡安·鲁尔福这个人和他的作品的。我没有亲眼见过胡安·鲁尔福，这似乎是一个遗憾，这个世界有这么多神奇的人，当然不乏你十分心仪的对象，但都要见面或认识，的确是一件十分困难的事。

但对胡安·鲁尔福这个人和他的作品，从我第一次与之相遇，我就充满了好奇和疑问。好奇是因为我读了他的短篇小说集《平原烈火》和中篇小说《佩德罗·巴拉莫》之后，我对他作为一个异域作家所具有的神奇想象力惊叹不已。记得那是在 20 世纪 80 年代初，这样的阅读给我带来的愉悦和精神上的冲击毫无疑问是巨大的。

可以说就在短短几个月的时间内，我把一本不足 20 万字的《胡安·鲁尔福中短篇小说集》反复阅读了若干遍，可以说有一年多时间这本书都被我随身携带着，以便随时翻阅。因为阅读胡安·鲁尔福的作品，我开始明白：此前世界许多地方的“地域主义”写作，在语言和形式上都进行了新的开拓和探索，同时不少作品具有深刻的土著思想意识，对人物的刻画和描写充满着真实的力量，尤其是对地域文化和自然环境的呈现更是淋漓尽致。

在这些作品中厄瓦多尔作家霍尔赫·伊卡萨的《瓦西蓬戈》、委内瑞拉作家罗慕洛·加列戈斯的《堂娜芭芭拉》、秘鲁作家阿格达斯的《深沉的河流》、秘鲁作家西罗·阿莱格里亚的《广漠的世界》等，如果把它的范围扩大得更远，在非洲地区还包括尼日利亚作家阿契贝小说四部曲《瓦解》《动荡》《神箭》《人民公仆》，肯尼亚作家恩古吉的《一粒麦种》《孩子，你别哭》和《大河两岸》等。

当然还有许多置身于这个世界不同地域的众多“地域主义”写作的作家，这在20世纪已经是一个令人瞩目的文学现象。对他们的创作背景和作品进行解读，不管从政治层面，还是从社会和现实层面，都会让我们对不同族群的人类生活有一个更全面、更独到的认识，因为这些作家的作品都是对自己所属族群生活的独立书写，而不是用他者的眼光所进行的记录。这些作品一次次的书写过程，其实就是对自身文化身份的一次次确认。这些杰出的作家在后现代和后殖民的语境中，从追寻自身的文化传统和精神源头开始，对重新认识自己确立了自信并获得了无可辩驳的理由。

可以说，对于第三世界作家来说，这一切都是伴随着民族解放、国家独立而蓬勃展开的。但是，对于胡安·鲁尔福来说，虽然他的作品和生活毫无争议地属于那个充满混乱、贫困、战争、动荡而又急剧变革的时代，但他用灌注了魔力的笔为我们构建了一个人鬼共处的世界，这种真实的穿透力更能体现时间和生命的本质。胡安·鲁尔福最大的本领是他给我们提供了新的时间观念，他让生和死的意识渗透在他所营造的空间和氛围里，他用文字所构筑的世界，就如同阿兹特克人对宇宙、对生命、对时间、对存在，所进行的神秘而奇妙的描述，这种描述既是过去，又是现在，更是未来。

在20世纪众多“地域主义”写作中，请允许我武断地这样说，是胡安·鲁尔福第一次真正打开了时间的入口，正是那种神秘的、非理性的、拥有多种时间、跨越生死、打破逻辑的观念，才让他着魔似的将“地域主义”的写作推到了一个梦幻般的神性的极致。

难怪加西亚·马尔克斯在回忆录中深情地回忆，他很早就能将《佩德罗·巴拉莫》从最后一个字进行倒背，这显然不是一句玩笑话。我们今天可以并非毫无根据地下这样一个结论：是胡安·鲁尔福最早开始了魔幻现实主义写作的实验，而其经典作品《佩德罗·巴拉莫》是一个奇迹，是一座无法被撼动的里程碑。

一个兴起于拉丁美洲的伟大文学时代，其序幕被真正拉开，胡安·鲁尔福就是其中最重要的人物之一。《佩德罗·帕拉莫》开创了现代小说的另一种形式，它将时空和循环、生命和死亡天衣无缝地融合在了一起，它是梦和神话穿越真实现实的魔幻写照。在此之后，不仅仅在拉丁美洲，就是在世界范围内，许多后来者都继承了这样的理念，成长于中国20世纪80年代的许多先锋作家，他们都把胡安·鲁尔福视为自己的导师和光辉的典范。

胡安·鲁尔福之所以能得到不同地域、不同民族作家的高度评价，并成为一个永恒的话题，那是因为他从印第安原住民的宇宙观及哲学观出发，将象征、隐喻、虚拟融入了一个人与鬼、生与死的想象的世界，并给这个世界赋予了新的意义。据我们所知，在古代墨西哥人的原始思维中，空间与时间是相互交融的，时间与空间在不同方向的联系，构成了他们宇宙观中最让我们着迷的那个部分。

最让人称道的是，胡安·鲁尔福的写作并不是简单地将原始神话和土著民族的认知观念植入他所构建的文学世界中，他的高明之处是将环形的不断变化着的时间与空间联系在了一起，这种生命、死亡与生命的再生所形成的永恒循环，最终构成了他所颠倒与重建的三个不同的世界，这三个世界既包括了天堂，也包括了地狱，当然也还有他所说的地下世界。

胡安·鲁尔福的伟大之处还在于他把他所了解的现实世界，出神入化地与神奇的、荒诞的、超自然的因素形成了一个完美的整体。这也让他的书写永远具有一种当代性和现场感。他笔下的芸芸众生就是墨西哥现实世界中的不同人物，他们真实地生活在被边缘化的社会底层，但他们发出的呐喊通过胡安·鲁尔福已经传到了世界不同的角落。

我对胡安·鲁尔福充满了好奇，那是因为我在阅读他作品的时候，他给我带来从未有过的启示及对自身的思考。从比较文化的角度来看，墨西哥原住民和我们彝族人民有许多相通的地方。

墨西哥人不畏惧死神，诞生和死亡是一个节日的两个部分，他们相信人死后会前往一个名叫“米特兰”的地方。那里既不是天堂也不是地狱，我们彝族人把死亡看成另一种生命的开始，人死后会前往一个名叫“石姆姆哈”的地方，这个地方在天空和大地之间，是一片白色的世界。彝族人认为人死后会留下三魂，一魂会留在火葬地，一魂会跟随祖先回到最后的长眠地，还有一魂会留给后人供奉。

是因为胡安·鲁尔福，我才开始了一次漫长的追寻和回归之旅，那就是让自己的写作与我们民族的精神源头真正续接在一起。也就是从那个时候开始直到今天，我都自觉把自身的写作依托于一个民族广阔深厚的精神背景。记得我访问墨西哥城的时候，就专门去墨西哥人类学博物馆进行参观，我把这种近似于膜拜的参观从内心看成对胡安·鲁尔福的致敬，因为我知道，从 1962 年开始，他就在土著研究院工作，他的行为和沉默低调的作风，完全是墨西哥山地人的化身。

那次我从墨西哥带回的礼物中，最让我珍爱的就是一本胡安·鲁尔福对墨西哥山地和原住民的摄影集。这部充满了悲悯和忧伤的摄影集可以说是他的另一种述说。当我一遍遍凝视墨西哥山地和天空的颜色时，心中不免会涌动着一种隐隐的不可名状的伤感。

胡安·鲁尔福这个人及他的全部写作对我来说，都是一部记忆中清晰而又飘忽不定的影像，就像一部植入了流动时间的黑白电影。因为胡安·鲁尔福所具有的这种超常的对事物和历史的抽象能力，他恐怕是世界文学史上用如此少的文字，写出了一个国家或者说一个民族隐秘精神史最伟大的人物之一。也许是因为我的孤陋寡闻，在我的阅读经历中，还没有发现有哪一位作家在抽象力、想象力及能与之相适应的语言能力方面能与其比肩。

而奥克塔维奥·帕斯对于我来说就是一个现实存在，这个存在不会因为他肉体的消失而离开我，他教会我的不是一首诗的写法，而是对所有生命和这个世界的态度。他说过这样一段话："我不认为诗歌可以改变世界。诗歌可以给我们启示，向我们揭示关于人的秘密，可以为我们带来愉悦。特别是它可以展示另一个世界，展示现实的另一副面孔。我不能生活在没有诗的世界里，因为诗歌拯救了时间、拯救了瞬间：时间没有把诗歌杀死，没有剥夺它的活力。"

作为诗人，奥克塔维奥·帕斯虽然不是第一个，但确实是最好的，将拉美古老史前文化、西班牙征服者的文化和现代政治社会文化融为一体，并写出经典作品的划时代的诗人。他的不朽长诗《太阳石》，既是对美洲原住民阿兹特克太阳历的礼赞，也是对生命、自我、非我、死亡、虚无、存在、意义、异化及性爱的诗性呈现。他同样是20世纪为数不多的能将政治、革命、批判性融为一体，对现实的干预、对诗的写作把握得最为恰当的大师之一。难怪他曾说过近似于这样的话：政治是同另一些人共处的艺术，而我的一切作品都与另一种东西有关。

我们知道20世纪是一个社会革命和艺术革命都风起云涌的时代，在很长一段时间，不同的意识形态所形成的两大阵营，无论是在社会理想方面，还是在价值观念方面，对重大历史事件的判断和看法，都是水火不相容的，而在那样一个时期，大多数拉美重要诗人和作家都是不容置疑的左翼人士，当然这也包括奥克塔维奥·帕斯。

但是，也是从那个时候开始，奥克塔维奥·帕斯就表现出了思想家、哲人和知识分子的道德风骨和独立思考的智慧，他对任何一个重大政治事件的看法和判断，都不是从所谓的集体政治文化的概念出发，而是从人道和真实出发去揭示出真相和本质。1968年10月20日在特拉特洛尔科广场发生的屠杀学生的事件，就遭到了他的强烈谴责，他也因为这个众所周知的原因辞去了驻印度大使的职务。

可以说，是奥克塔维奥·帕斯打破了“不左即右”二元对立的局面，在墨西哥开创并确立了一种基于独立思想的批评文化。他的这种表达政治异见的鲜明态度，甚至延伸到了对许多国际重大事件的判断，比如引起整个西方和拉美左派阵营分裂的托洛茨基被暗杀事件，就是他首先提出了对另一种极权及反对精神自由的质疑，也因此，他与巴勃罗·聂鲁达等朋友分道扬镳，他们的友谊直到晚年才得以恢复。

他创办的杂志《多元》《转折》，是拉丁美洲西班牙语世界不同思想进行对话和交锋的窗口。他一直高举着自由表达思想和反对一切强权的人道主义旗帜，他主办过一个又一个有关这个世界未来发展，并且带有某种预言性的主题讨论，这些被聚集在一起的闪耀着思想光芒的精神遗产，对今天不同国度的知识分子同样有着宝贵的参照和借鉴作用。

奥克塔维奥·帕斯是最早发现并醒悟到美洲左翼革命及这一革命开始便将矛头对准自己的人之一，他的此类言论甚至涉及古巴革命后的政治现实、南美军人政权的独裁统治、各种形式游击组织的活动、东欧社会主义在全球范围内的境况，以及对美国所倡导的极端物质主义和实用主义外交政策的精准批判。他发表于 1985 年的《国家制度党，其临终时分》一文，对该党在奇瓦瓦州操纵选举的舞弊行为进行了揭露，这一勇敢的举动使墨西哥大众的民主意识被进一步唤醒。

在这里我必须说到他的不朽之作，当然也是人类的不朽之作《孤独的迷宫》，是因为它的存在我们才能在任何一个时候，瞬间进入墨西哥的灵魂。《孤独的迷宫》是墨西哥民族的心灵史、精神史和社会史，它不是一般意义上的墨西哥民族心理和文化现象的罗列，而是打开了一个古老民族的孤独面具，将这一复杂精神现象的内在结构和本质呈现给了我们。

在一次演讲中帕斯这样告诉听众："作家就是要说那些说不出的话，没说过的话，没人愿意或者没人能说的话。因此所有伟大的文学作品并非电力高压线而是道德、审美和批评的高压线，它的作用在于破坏和创造。文学作品与可怖的人类现实和解的强大能力并不低于文学的颠覆力。伟大的文学是仁慈的，使一切伤口愈合，疗治所有精神上的苦痛，在情绪最低落的时刻照样对生活说是。"

我要说，伟大的奥克塔维奥·帕斯是这样说的，同样也是这样做的，他用波澜壮阔的一生和无所畏惧的独立精神，为人类做出了巨大的贡献，并为我们所有的后来者树立了光辉的典范。

从胡安·鲁尔福到奥克塔维奥·帕斯，这是属于墨西哥，同样属于全人类的必须被共同敬畏和记忆的精神遗产，它们是一种现实，是一种象征，更重要的是它们还是一种创造，也正因为这种充满了梦幻的创造，在太阳之国的墨西哥谷地，每天升起的太阳才照亮了生命和死亡的面具，而胡安·鲁尔福和奥克塔维奥·帕斯灵魂的影子，也将在那里年复一年地飘浮，永远不会从人类的视线中消失。

诗歌语言的透明与微暗

与日常的语言相比，毫无疑问，诗歌的语言属于另一个语言的范畴。当然需要声明的是，我并不是说日常的语言与诗歌的语言存在着泾渭分明的不同，而是指诗歌的语言具有某种抽象性、象征性、暗示性及模糊性。诗歌的语言是由一个一个的词所构成的，从某种意义而言，诗歌语言所构成的多维度的语言世界，就如同那些古老的石头建筑，它们是用一块一块的石头构建而成的。这些石头每一块似乎都有着特殊的记忆，哪怕就是有一天这个建筑倒塌了，那些散落在地上的石头，当你用手抚摸它的时候，你也会发现它会给你一种强烈的暗示，那就是它仍然在用一种特殊的密码和方式告诉你它生命中的一切。很多时候如果把一首诗拆散，其实它的每一个词就像这些石头。

在我们古老的彝族典籍和史诗中，诗歌的语言就如同一条隐秘的河流。当然，这条河流从一开始就有着一个伟大的源头，它是所有民族哺育精神的最纯洁的乳汁，也可以说它是这个世界上一切具有创造力的生物的肚脐。无一例外，诗歌是这个世界上生活在不同地域族群的最古老的艺术形式之一。

在古代史诗的吟唱过程中，吟唱者往往具有双重身份，他们既是现实生活中的智者，又是人类社会与天地冥界联系的通灵人。也可以说人类有语言以来，诗歌就成为我们赞颂祖先、歌唱自然、哭诉亡灵、抚慰生命、倾诉爱情的一种特殊方式。如果从世界诗歌史的角度来看，口头的诗歌一定要比人类有文字以来的诗歌久远得多，在今天一些非常边远的地方，那些没有原生文字的民族，他们口头诗歌的传统仍然还在延续，最为可贵的是他们的诗歌语言也是对日常生活用语的精练和提升。在我们彝族古老的谚语中，就把诗歌称为“语言中的盐巴”，直到今天在婚丧嫁娶集会的场所，能即兴吟诵诗歌的人还要进行一问一答的博弈对唱。

而从有文字以来留存下来的人类诗歌文本来看，在任何一个民族文字书写的诗歌中，语言都是构建诗歌最神奇的材料和最重要的元素，也可以说在任何一个民族的文字创造中诗歌都是最精华的那个部分。难怪在许多民族都有这样的比喻："诗歌是人类艺术皇冠上最亮的明珠"。而诗歌语言所富有的创造力和神秘性就越发显得珍贵和重要。诗歌通过语言创造了一个属于自己的世界，而这个世界的丰富性、象征性、抽象性、多义性、复杂性都是语言带来的。也就是说，语言，通过诗人或者说诗人通过语言给我们所有的倾听者、阅读者提供了无限的可能。

正因为语言在诗歌中的特殊作用，它就像魔术师手中的一个道具，它可能在一个瞬间变成一只会飞的鸽子。同样，它还会在另一个不同的时空里变成了鱼缸中一条红色的鱼。在任何一个语言世界中，我以为只有诗人通过诗的语言才能给我们创造一个完全不同的世界，甚至在不同的诗人之间，他们各自通过语言所创造的世界也将是完全不同的。这就像伟大的作曲家勋伯格的无调音乐，它是即兴的、感性的、直觉的、毫无规律的，但它又是整体的和不可分割的。

很多时候诗歌也是这样，特别是当诗人把不同的词置放在不同的位置，这个词就会在不同的语境中呈现出新的无法预知的意义。为什么有一部分诗歌在阅读时会产生障碍，其中有的作品甚至是世界诗歌史上具有经典意义的作品，比如伟大的德语诗人策兰，比如伟大的西班牙语诗人塞萨尔·巴列霍，比如说伟大的俄语诗人赫列勃尼科夫等，他们的诗歌都通过语言构建了一个需要破译的密码系统，他们很多时候还在自己的写作中即兴创造一些只有他们才知道的词。许多诗人都认为，从本质上来讲诗歌的确是无法翻译的，而我们翻译的仅仅是一首诗所要告诉我们的最基本的需要传达的内容。

诗歌的语言或者说诗歌中的词语，它们就像黑色的夜空中闪烁的星光，就像大海深处漂浮不定的鲸的影子。当然它们很多时候更像光滑坚硬的卵石，更像雨后晶莹透明的水珠，这就是我们阅读诗歌时，每一首诗歌都会用不同的声音和节奏告诉我们的原因。对于每一位真正的诗人来讲，一生都将与语言和词语捉迷藏，这样的捉迷藏当然有赢家也会有输家，当胜利属于诗人时，也就是一首好诗诞生的时候。

语言和词语在诗歌中有时候是清晰的，同样很多时候它们又是模糊的。语言和词语的神秘性，不是今天在我们的文本中才有，在原始人类的童年期，我们的祭司面对永恒的群山和太阳，吟诵赞词的时候，那些通过火焰和光明抵达神界的声音，就释放着一种足以让人肃穆的力量。毫无疑问，这种力量包含的神秘性就是今天也很难被我们破译。

在我的故乡四川大凉山彝族腹心地带，现在我们的原始宗教掌握者毕摩，他们诵读的任何一段经文，可以说都是百分之百的最好的诗歌，这些诗歌由大量的排比句构成，而每一句都具有神灵附体的力量。作为诗歌的语言此刻已经成为现实与虚无的媒介，而语言和词语在它的吟诵中也成为这个世界不可分割的部分。我以为这个世界最伟大的诗篇都是清晰的、模糊的、透明的、复杂的、具象的、形而上的、一目了然的、不可解的、先念的、超现实的、伸手可及的、飘忽不定的等一切的总和。

诗歌的责任并非仅仅是自我的发现

——在2018年“塔德乌什·米钦斯基表现主义凤凰奖”颁奖仪式上的致答词

非常高兴能获得本年度的“塔德乌什·米钦斯基表现主义凤凰奖”，毫无疑问，这是我又一次获得一个来自我在精神上最为亲近的国度的褒奖。我必须在这里说，对这份褒奖，我的感激之情是难以用语言来表达的。我这样说并不是怀疑语言的功能和作用，而是有的感情用语言无法在更短的时间内极为准确地表达出来，如果真的要去表达它，必须用更长的篇幅。但我相信此时此刻，我的这种对波兰的亲近之情和感激，在座的诸位是完全能理解的。

我现在还清楚地记得在一篇文章中看到，20世纪波兰极伟大的诗人之一切斯瓦夫·米沃什在雅盖隆大学做过一篇题为《以波兰诗歌对抗世界》的演讲，他在这次演讲中集中表达了这样一种思想，就是波兰作家永远不可能逃避对他人以及“对前人和后代的责任感”。这或许就是多少年以来，我对波兰文学极敬重的原因之一。

如果我们放眼20世纪以来的世界文学，东中欧作家和诗人给我们带来的精神冲击和震撼，从某种意义而言，要完全超过其他区域的文学。当然，俄罗斯白银时代的文学是另外一个特例。从道德和精神的角度来看，近一百年来，一批天才的波兰作家和诗人始终置身于一个足以让我们仰望的高度，他们背负着沉重而隐形的十字架，一直站在风暴和雷电交汇的最高处，其精神和肉体都经受了难以想象的磨难。熟悉波兰历史的人都不难理解，为什么波兰诗歌中那些含着眼泪微笑的反讽，能让那些纯粹为修辞而修辞的诗歌汗颜。

不用怀疑，如果诗歌仅仅是一种对自我的发现，那诗歌就不可能真正承担起对“他人”和更广义的人类命运关注的任务。诚然，在这里我并没有否认诗歌自我发现的重要。这个奖是用波兰表现主义的领军人物之一，也是超现实主义的先驱塔德乌什·米钦斯基的名字命名的。作为一位富有创新精神的思想者，塔德乌什·米钦斯基也十分强调创作者必须在精神和道德领域为我们树立光辉的榜样。

当下的世界和人类在精神方面所出现的问题，已经让许多关注人类前景的人充满忧虑，精神的堕落和以物质及技术逻辑为支配原则的现实状况，无论在东方还是在西方都成为被追捧的时尚和标准，看样子这种状况还会持续下去。

以往社会发展的经验已经告诉我们，并不是人类在物质上的每一次进步，都会带来精神和思想的上升。这一个多世纪以来，人类又拥有了原子能、计算机、纳米、超材料、机器人、基因工程、克隆技术、云计算、互联网、数字货币，但是，同样就在今天，在此时此刻，叙利亚儿童在炮火和废墟上的哭声，并没有让屠杀者放下手中的武器。今天的人类手中，仍然掌握着足以毁灭所有生物几千遍的武器。

在这样一个时代，作为有责任感和良知的诗人，如果我们不把捍卫人类创造美好生活的权利当成义务和责任，那对美好的诗歌而言将是一种可耻的行为。

附体的精灵：诗歌中的神秘、隐蔽和燃烧的声音

——在2019年“西昌邛海”国际诗歌周上的演讲

当我们回到这片土地的时候，我们便会与这片土地上所有神奇的事物融为一体，无论是肉体还是精神，我们都会从最初的源头再一次获得神秘的力量，这似乎是一次末端和开始的必然对接。人类精神创造的经验告诉我们，那些基本的定义和规律从未有过改变，尤其是在语言和词语所构筑的世界中。当创造者在舌尖与笔端将语言和文字燃烧成宝石的时候，这一过程给我们的惊叹和震撼其实并不是我们所能看见的宝石本身，而是我们无法捕捉的那种光一般幽暗的隐秘，当然也包括宝石所闪现出的难以定义的隐喻。在我们生活的这片群山中，所谓神秘主义并非我们的一种发现。数千

年来我们的祖先就相信万物有灵，我们的毕摩（祭司）一直是联系天和地的使者，同样他们也承担着人与鬼之间的沟通和联系，在他们的身上始终留存着一种力量，那就是超越肉体能够与另一个精神世界进行对话的禀赋，毫无疑问，这一能力是一般人所不具备的。21世纪的人类已经步入更现代的社会生活中，他们仍然顽强地在我们彝人的现实世界里存在着，我们还能看到他们在为死去的魂灵超度，还能听到他们浑厚悠远的声音诵读的经文，也能遇到他们在做法事的现场插下的神枝，这些神枝对应着天象的图案。在今天这个急速变化着的现实面前，虽然我们置身于多种文化的交织中，现代的生活方式正在被更多的人所接受，但是那种来自意识深处的观念和信仰却如影随形。多少年来，作为诗人我一直在思考一个问题，就是如何去理解诗歌就其本质而言，所能给我们提供的那些更多的未知的东西是什么？因为每当我听到毕摩（祭司）在诵读经文的时候，特别是当他进入一种特殊的状态时，他的语言和词语就在瞬间如同飘浮的火焰，这种语言和词语传达给我们的不仅是内容，更多的是一种神秘的召唤，这种召唤要高于语言和词语，当然它始终还是语言和词语的一个部分。就我的理解和特殊的感受，我必须相信一切伟大的创造，其实都需要来自一种所谓超越理性的强大的原动力，在这一点，伟大的西班牙诗人加西亚·洛尔迦印证了我的看法，他始终认为，通过有生命的媒介和联系传达诗的信息，最能发挥诗歌中“杜恩德”（duende）的作用，如果直接翻译成中文就是“灵性的力量”。同样，伟大的俄罗斯女诗人玛丽娜·茨维塔耶娃在其文章《现代俄罗斯的史诗与抒情诗——弗拉基米尔·马雅可夫斯基与鲍里斯·帕斯捷尔纳克》这样说道：“马雅可夫斯基是会被穷尽的，不能被穷尽的是他的力量，他用这力量使事物穷尽，那准备就绪的力量，就像土地每一次都卷土重来，每一次都一劳永逸。……帕斯捷尔纳克的行动相当于梦的行动，我们不理解他，我们陷入他之中，落到他的下面，进入他的里面，对于帕斯捷尔纳克，我们理解他的时候，也即是抛开他、抛开了意义进行理解。”英国诗人特德·休斯也一直认为巫师和诗人有许多共同的地方，那就是他们都强调个体所具有的先知意识，在他们的身上均被赋予了通神的能力，而这种能力往往是常人所不具备的，巫师的特殊身份和诗人的特殊身份都是被那种神秘的力量选择的。特德·休斯曾这样评价他的前辈诗人、伟大的爱尔兰人叶芝：“爱尔兰民族精神和超自然的力量充满了叶芝的内心，爱尔兰神话、民间传说充满了他的诗歌。他披上了神秘主义的精神护甲，在很短的时间里，建立起了自己宏伟的人生目标：重建爱尔兰的能量，挑战英雄祖先、失落的神，以及爱尔兰屈服的灵魂。”这一切都充分说明，通过语言和词语所进行的创造，其内在的神秘的原动力一直围绕着我们，而语言和词语所延伸出的一切未知和空白，从来就是诗歌最富有魅力、最耐人寻味的部分，也因此，我才将这次诗歌圆桌会议的主题确定为——附体的精灵：诗歌中的神秘、隐蔽和燃烧的声音。

诗歌中未知的力量：传统与前沿的又一次对接

——第六届青海湖国际诗歌节上的主题演讲

传统可能是一种更隐秘的历史，而诗歌的传统是什么呢？如果从精神的传承而言，它就如同一条河流，已经穿过了数千年的时间，或许说它是一个神话的开始，也可以说，它是我们的祭司在舌尖上最初的词语。无论这个源头是多么的遥远，但当我们屏息静听的时候，它空阔浩渺的声音依然能被我们听见，这个能被我们感知的真实告诉我们——传统是不会死亡的。

传统一直活在我们的语言中，正因为它是一种特殊的记忆，这种记忆甚至超过人类在土地上留下的痕迹，在这个世界上没有一种力量能比语言的力量更强大，那些无数迁徙的部落和族群，我们可能已经无法找到他们数万年前的历史，但从语言这条幽深的河流里，我们仍然能感知到词语的密码给我们传递的信息。当土地上的遗产和埋在地下的尸骨都变成了灰尘，你背负的行囊不再是第一个行囊，由于路途的遥远，也可能是岁月的漫长，真实的记忆变成了传说，你再不可能用任何一种实证的方式，明确地告诉我们你生命的源头在哪里，而在这样的时候唯有灵性的语言，才能用更隐秘的方式暗示我们你生命的故乡在哪里。从远古的人类到现在，人类从本质上而言，都在经受着两种特殊的远游，一种是肉体的远游，另一种当然就是精神的远游，所有人类有记载的历史都告诉我们，这两种远游从来就没有停止过。不过我需要声明的是，我所说的肉体的远游并非一种线性的时间概念，而我所说的精神的远游，似乎更接近于是一种绝对意义上的远游，它是形而上的，甚至是更为观念性的一种存在。也正因此，我只相信语言中隐藏的一切，它给我们提供的不完全是能诠释的某种神秘的符号，而更像是被火焰穿越时间的彼岸，所照亮的永恒的隐喻。

传统是一种意识的方式，如果用更清晰的哲学语言来表达，它就是人类世界不同的思维方式，而这一切都不仅仅体现在某个族群的观念形态里，就是在现实世俗的生活中，它也会显现在集体无意识的日常经验里。很多时候我们的生活方式，或许在发生着不知不觉的变化，也可能被某种强大的力量所改变，但那种基因般的顽强的思维方式还会伴随着我们，让我们看见别人看不见的星空，让我们说出不为他人所理解的神授的赞词，也因为这种无处不在的力量的庇护，我们也才能在群山上迎接每一个属于自己的黎明。诚然，这种意识的传统已经成为整个人类精神的某个部分，而我必须承认这个部分是属于我们的。我无法告诉你什么是诗的更形而上的传统，但我想当我们一旦真的握住诗歌伟大传统的时候，就必将让我们在一种新的创造中成为前沿。

我们经常思考所谓的现代性，而诗歌的真正前沿是什么呢？如果我们把自己置身的这个时代，都看成一个从未有过的现实，那我们就必须去见证这个时代，因为任何当下只能属于生活在当下的诗人。固然古希腊的荷马给我们留下了经典的史诗，而天才的唐朝诗人们更是创造了一个诗的黄金时代，但是任何一个伟大的活在时间深处的诗人，其肉体都不可能又一次得到复活，诚然他们的诗歌已经成为不朽，或许这就是命运的选择。今天的诗歌还必须由我们来完成，有一位并非哲人的人说过这样的话，在半个世纪前，人类的生活并没有发生过真正意义上的质的变化，但这五十年，人类的历史却经历了数千年来最剧烈的嬗变，难道我们不应该用诗的方式来记录这样一种惊心动魄的变化吗？如果说诗歌从来就没有离开过人类的灵魂，我不相信这种人类从未有过的境遇，就没有给我们的诗歌提供另一种无限的可能吗？我认为诗歌的前沿在今天并非一种虚拟的想象，它就在我们的面前，只是时间已经在今天让我们感受到了它的速度，我认为诗歌的前沿绝不是一种时间的概念，而是这一时间中我们所能看见的活生生的现实。

我们必须创造我们诗歌的形式，同样，我们也要创造我们诗歌的语言，如果没有形式的创新，同样如果没有语言的创新，我们就不可能真正理解，什么是诗歌中未知的力量，也就不可能真正抵达那个“诗歌构筑的前沿”。在很多时候，诗歌的形式变化和词语的玄妙都具有某种神秘主义的色彩，这也是诗歌不同于别的艺术形式最珍贵的东西，诗歌通过形式和语言魔幻般告诉我们的一切，不仅具有象征和隐喻的意义，更重要的是，它呈现给我们的并不完全是内容本身。它是黑暗中的微光，同样是光明和黄金折射的黑暗。它不是哲学，因为它把思辨的座椅放在了飞鸟的翅膀之上，那只飞鸟一直翱翔于未知的领域；它不是数学，但它把抽象的眼睛植入了宇宙的天体，当我们瞩望它的时候，它只是一些我们永远无法统计的数字。诗歌并没有前沿，要寻找它的前沿，我们只有一个办法，那就是将它与自己的传统再一次进行对接。

正因为我始终相信，诗歌中存在着未知的力量，我才如此地迷恋它给我们带来的这些奇迹。

诗歌：不仅是对爱的吟诵，也是反对一切暴力的武器

——在中捷文化交流70周年暨捷克独立日“中捷文学圆桌会议”上的主题演讲

正值中华人民共和国成立70周年，中捷文化交流70周年暨捷克独立日之际，非常高兴能以一个中国诗人的身份，来参加今天这个具有特殊意义的“中捷文学圆桌会议”，在此首先要向今天莅临这个圆桌会议的诸位朋友，致以最美好的祝愿。

我曾经两次访问过捷克，一次是2016年春天应捷克维区出版社的邀请，出席我的捷文版诗集《火焰与词语》在布拉格的首发和朗诵活动，这本诗集是由捷克汉学家李素和诗人泰博特合作翻译的，当然此前，我已经有一本诗集《时间》在捷克出版，那是一本从英文转译的诗集。2018年秋

天，我又有幸应邀参加了第二十八届“布拉格作家节”，与瑞典诗人恩瓦迪凯、伊朗诗人伊斯梅尔普尔（他也是我诗集波斯文版的译者）等共同参与了由布拉格作家节主办者迈克尔·马奇主持的主题为“活着的邪恶”的圆桌对话，并回答了听众的提问。这两次对捷克，特别是对布拉格这座闻名遐迩的城市的访问，的确给我留下了极为深刻和美好的印象。

在这里我想告诉大家的是，我了解并向往布拉格当然是在更早的时候，德国哲学家弗里德里希·威廉·尼采说：“当我想以一个词来表达音乐时，我找到了维也纳，而当我想以一个词来表达神秘时，我只想到了布拉格。”德国诗人约翰·沃尔夫冈·冯·歌德还说过：“在那许许多多城市像宝石般镶成的王冠上，布拉格是其中最珍贵的一颗。”但是布拉格对于我的感召力或许还要更多，对于一个热爱古典建筑的人，布拉格无疑是一座建筑的博物馆，它拥有这个世界上为数众多的、不同历史时期、不同风格的建筑，特别是巴洛克风格和哥特式建筑，可以说占据着欧洲建筑史上无法被撼动的最重要的位置。作为一个音乐爱好者，这里诞生了我热爱并直到今天还令我着迷的作曲家安东尼·德沃夏克、贝德里赫·斯美塔那和莱奥什·雅纳切克。德沃夏克的《致新大陆》曾给我带来无穷的想象，并从此相信音乐能在另外一个空间复活一个民族的灵魂。斯美塔那的交响诗《我的祖国》让我从音乐中看见了被旋律和音符所命名的一切不朽的事物，都将永远存活在时间的深处。雅纳切克的狂想曲《塔拉斯·布尔巴》以及《小交响曲》，给我带来的启示和震撼要远远超过一部概念化的哲学著作，因为它让我明白了动人心魄的旋律，很多时候都是从母语和民歌中提炼出来的，也因为这个可以上升到道德层面的认知，让我对这个世界上所有弱小民族使用的语言都充满了深情和敬畏。作为一个歌德所说的那样一种“世界文学”的赞同者，特别是在歌德逝世一百多年之后的今天，我们虽然看到在不同的文化之间，抹平差异性的进程还在以加速度的方式进行着，但对多元文化存在的认同和保护，却被更多的人认识到其重要性。文化的多样性与人文主义的传统仍然是“世界文学”这个概念的基石，就是在今天面对当代现实中的复杂性和社会变革，我们所说的“民族文学”实际上已经与“世界文学”深度地融合或者说叠加在了一起，这是一个普遍主义的概念，它会让我们在全球化的背景下重新去理解并定义歌德所说的“世界文学”，在这一点上捷克就是一个示例。现代派文学的鼻祖，划时代的表现主义作家弗兰兹·卡夫卡一辈子就生活在布拉格，可以说早已是这座城市的一个文化符号，不用从更早的时候说起，就是从20世纪以来捷克就涌现出了一大批杰出的作家，他们既提升了捷克文学在欧洲的高度，也让世界感受到了捷克文学的伟大存在，我们熟知的就有雅洛斯拉夫·哈谢克、弗拉迪斯拉夫·万楚拉、卡·恰佩克、瓦茨拉夫·哈维尔、米兰·昆德拉、伊凡·克里玛。另外，还有我最钟情的赫拉巴尔，也因为我对他心怀由衷的热爱和尊敬，我在访问时间很紧张的状态下，还专门驱车去了他在布拉格郊区用于隐居写作的森林小屋和如同他生前生活一样朴素的墓地。这块墓地是赫拉巴尔生前就为自己选好的，可以看见来自世界不同国家的崇拜者，在他的墓地上摆放着许多千里迢迢带来的玩具猫，他们都知道猫是赫拉巴尔的朋友，在他活着的时候他就在森林小屋喂养了许多他最亲近的猫。作为对语言学、结构语言人类学、符号学，有着特殊兴趣的探秘者，布拉格对我的吸引力更是无可比拟的。因为在这里天才的罗曼·雅各布森创立了布拉格学派，毋庸置疑他是真正的结构主义思潮和运动的先驱，是他首先将结构主义语言学与诗学批评联系在了一起，揭开了隐喻与转喻在诗歌中的神秘作用。这一开创性的研究和发现，让后来所有诗歌作为自在的词，在语言中的探险和实验都成为能被阐释的可能。雅各布森就曾经从诗歌语言和词语的创新上，对俄罗斯未来主义诗人赫列勃尼科夫的诗歌从语言和修辞的角度进行了深度的解析。作为诗人，我对捷克诗歌的热情是超乎寻常的，在大学时期，我就阅读过捷克新时代诗歌奠基人卡雷尔·希内克·马哈的长诗《五月》，他的作品以爱情为主题，不仅抒发了一个民族渴望复兴的愿望，更重要的是他从人性出发，将个体的情感提升到了人类道德的精神高度。如果姑且从当代中国诗歌史对诗人写作时段的划分，我属于20世纪80年代开始成名的诗人，也就是说在我的诗歌写作过程中，外来诗歌对我的影响是一个重要的方面，这其中就包括现当代捷克诗人的作品。在这些诗人中间就包括了维杰斯拉夫·奈兹瓦尔，这位超现实主义大师，不仅影响了无数的捷克诗人，其以消除禁欲主义和理性主义的诗歌主义主张，还给后期超现实主义注入了一些新的观念。雅罗斯拉夫·塞弗尔特，一生都在赞颂美的诗人，他的诗句："天堂也许只是/我们久久期待的一个笑颜/轻轻呼唤着我们名字的芳唇两片/然后那短暂的片刻令人眩晕/令人忘却了/地狱的存在。"阅读后给我带来的感动，就是现在回想起来，仍然有最初诵读时的那种心颤的感觉。在捷克访问时，为了去他的故乡瞻仰他的墓地，我们匆忙赶到他安息的墓园时已经是傍晚，墓园的管理者刚要锁上沉重的铁门，我下车后便第一个向他疾呼："塞弗尔特！塞弗尔特！"我不懂捷克语，但我想这位管理员完全听懂了我的意思，他迅速打开了门，把我们一行远道而来的人带到了塞弗尔特的墓地。弗拉迪米尔·霍朗，这位离群索居，一直居住在布拉格康巴岛上的隐士诗人，他精粹的短诗充满了玄妙的哲理和隐喻，其诗歌中的神秘感笼罩着生与死、存在与虚无的冥想，他的诗句："哦，是的/我爱生活/因此我才经常歌唱死亡/没有死亡/生活就会冷酷/有了它/生活才可以想象/也因此才那么荒唐……"霍朗告诉了我什么是生命的意义，当然也包括了它隐含的荒唐。诗人米罗斯拉夫·霍卢布，我以为他在诗歌上的成就要远远高于他在医学领域的成就，因为精神的创造从更广阔的时间而言，他的不朽性和延伸性都将是无可限量的，他的著名诗篇《加利列·伽利略》中有这样的诗句："我/加利列·伽利略/置身在米内维纳教堂/只穿一件衬衣/靠一双细腿/承受着世界的压力/我/加利列·伽利略/低声/低声地说/为了

孩子们 / 为了搬运工 / 为了太阳——/ 我低声地 / 终于说…… / 地球 / 确实 / 在转动"。是他让我懂得了诗歌在当下一旦失去了思想和勇于承担人类的苦难，诗歌也将会失去它更重要的价值。我在捷克访问时，专门向好友泰博特索要了一个光盘，里面储存有现当代捷克重要诗人朗诵的诗歌，在这些年繁忙喧嚣的日子里，我总会抽时间去聆听奈兹瓦尔、弗·哈拉斯、霍朗、塞弗尔特等人的声音，他们的诗歌和声音始终陪伴着我，给我的心灵和精神所带来的抚慰、感动和激励，是他人永远无法真正能体会得到的，从这个角度而言，任何一个已经逝去的伟大诗人，他都不会真的被死亡带走。

捷克民族是一个达观幽默的民族，在欧洲历史上曾多次被周边的强权和国家所侵扰，作为中欧一个具有深厚文化传统的国家，它的特殊性远远超出了其地缘的概念，被世人所知晓的波西米亚的精神历史，经过了饱经沧桑的沉淀，实际上已经成为今天捷克精神文化传统的一个重要组成部分，从捷克现当代诗人的丰厚创作中，我们能看到他们用诗歌为自己也为他们身边的生活，构建了一个用词语来对抗暴力的世界。他们从对人的爱和对这个世界一切美好事物的赞颂出发，以惊人的内在忍耐力，去面对他们曾经经历过的那些最悲惨的日子，就是在被纳粹严酷统治的时期，他们的诗歌也没有失去反讽的力量，对生命、个性和人的尊严的彰显，也从未在捷克诗人的写作中失去传承。在许多具有悲悯情怀的诗歌中，我们能真切地感受到诗歌在维护人类道德和崇高理想上所应承担的使命，研究和观察近现代的捷克历史你会发现，诗歌一直和它的人民站在一起，它的每一个词都如同闪亮的金属般的子弹，以其坚硬的真理的力量，洞穿了现实中的谎言和虚伪。20 世纪 30 年代开始登上捷克诗坛的这个诗人群体，他们中一些杰出的天才代表，以其独特的富有个性的诗性表达，让我们真实地看到了半个多世纪以来，诗歌在人类为争取幸福生活、见证时代历史及恢复道德尊严等方面所发挥的巨大作用。历史的经验和今天的现实告诉我们，诗歌永远不仅是对爱的吟诵，也是反对一切暴力的最宝贵的武器。

诗歌本身的意义、传播以及其内在的隐秘性

——在第三届泸州国际诗歌节诗歌论坛上的演讲

诗人切斯瓦夫·米沃什曾在1990年写过一篇《反对不能理解的诗歌》的文章，在其中表达了他对诗歌如何能被理解以及得到应有传播的关注，他认为诗歌和每一件艺术品一样，都被视为一种神圣的创造，但是对那些“不能理解的诗歌”的所谓形式和语言试验，特别是对诗歌越是不能理解，就越好的观点却不予苟同，因为它使诗人与读者形成了无法沟通的隔绝。

另外，有关诗歌在语言和形式上所进行的所谓“最纯粹”的探险却也从未有过停止，从后期象征主义、超现实主义、未来主义及现代主义诗歌诸流派所付诸的实践中，对诗

歌的神秘性、隐喻性、象征性及由词语本身所构建的在意义上的多种可能，这些探险和试验实际上已经告诉我们，从接受美学的角度来看，诗人个体所完成的一首诗，最终会被无数个他者来共同参与完成，这一现象并不是今天才存在，早在 20 世纪 20 年代，俄罗斯未来主义诗歌的主将之一，赫列勃列科夫就通过对语言和词语的重新熔铸，甚至通过创造新的词语所形成的节奏和声音，将诗歌语言本身的意义与所谓被创造的意义加入新的形式中，可以说他给读者提供了两套语言系统，一套是所谓的公共语言符号，另一套就是诗人传递给我们的语言密码。

也因此 20 世纪最伟大的语言学家之一，布拉格学派的创始人雅各布森就根据他的诗歌，将语言学与诗歌之间的生成对比放在一起研究，从而在理论上深刻地解析了诗歌语言的独特性和复杂性，并对“诗歌是自在的词”从学理上也进行了富有说服力的阐释，揭示了“诗歌语言之所以成为诗歌语言”的内在本质特征。毫无疑问，因为雅各布森在这一领域开创性的发现，使他成为真正意义上的形式主义诗学理论最重要的奠基人。

从诗歌创作的实践本身而言，任何一个伟大的诗人其实都永远徘徊在对其诗歌内容的直接呈现，与所谓语言和形式的不断创造中，这两者的关系始终是相辅相成的。切斯瓦夫·米沃什强调并反对在诗歌中使用大量的艺术隐喻，对那些所谓的“纯诗”始终持怀疑的态度。

从诗歌价值本身的选择来看，我是赞成他的主张的，因为我们应该从我们自身的创作实践中去力争和解决，诗歌不可避免地就一定会晦涩和难懂。同样，我们要反对那样一种对形式和语言的创新持保守的观点，因为很多时候，诗人的创造都不完全是与他的读者在进行直接的沟通，很多时候是通过主观所创造的客观对应物来完成的，而在形式和语言上的创造，还会给接受者提供再创造的无限的可能，这也许正是诗歌语言不同于别的语言最重要的地方。真正伟大的诗人，必须在这两者之间找到最合适的方式和平衡点，他就如同一个在高空中走平衡木的人，只有保持了应有的平衡，他才有可能永远立于不败之地。

20世纪拉丁美洲的巴勃罗·聂鲁达就曾经用一段最朴素、最简明的语言说明了这一切，他这样智慧地告诉我们：“如果一首诗，能被所有的人看懂，肯定不会是一首好诗；同样，如果一首诗，不能被所有的人看懂，它同样不会是一首好诗。”

有关诗歌本身的意义、传播及其内在的隐秘性这样一个话题，还会长久地被持续议论下去，或许这正是诗歌具有永恒的魅力所在，也因为诗歌将与人类共存，我们在其内容、形式和语言上的创新也永远不会停止。